풍운강호

황진훈일문벽산(黃塵燻日問碧山)

흙먼지 해를 가릴 제 청산 가는 길을 묻다.

⑧

진부동 신무협 장편소설

ORIENTAL FANTASYSTORY & ADVENTURE

dream
books
드림북스

풍운강호 8 풍운천하 (완결)

초판 1쇄 인쇄 / 2012년 5월 9일
초판 1쇄 발행 / 2012년 5월 18일

지은이 / 진부동

발행인 / 오영배
편집팀장 / 권용범
책임편집 / 편집부
펴낸 곳 / (주)삼양출판사 · 드림북스

주소 / 서울특별시 강북구 송천동 322-10호
대표 전화 / 02-980-2112 팩스 / 02-983-0660
편집부 전화 / 02-980-2116 팩스 / 02-983-8201
블로그 / blog.naver.com/dreambookss

등록번호 / 제9-00046호
등록일자 / 1999년 3월 11일

ISBN 978-89-542-4807-5 (04810) / 978-89-542-4355-1 (세트)

風雲江湖

풍운강호

황진훈일문벽산(黃塵燻日問碧山)
흙먼지 해를 가릴 제 청산 가는 길을 묻다.

8

풍운천하

잔부동 신무협 장편소설

ORIENTAL FANTASTIC ADVENTURE

dream
books
드림북스

목차

제1장
지화사의 혈풍

　홍패와 함께 저자로 나간 진평은 거리가 내려다보이는 누각에 앉아 술잔을 주고받았다.

　홍패가 거리를 내려다보며 말했다.

　"경사라고 해도 길은 좁고 사람만 많지 볼 건 없네요. 역시 번화함은 소주, 항주가 최곱니다. 흐흐!"

　진평이 잔을 비운 후 말을 받았다.

　"이곳이 곧 전장이 될 수도 있지."

　"안 그래도 사람들이 동요하더군요."

　진평이 지나가는 투로 말했다.

　"왕진의 거처를 좀 알아봐."

　홍패는 신이 났다.

"그놈을 잡는 겁니까? 히히! 맡겨 주십시오."

홍패는 본혈방도가 된 이후 내공이 증진되어 몸놀림이 예전보다 훨씬 더 민첩해졌다.

경사에 온 이후 그가 늘 바라보는 곳은 자금성이었다.

도둑으로서 황궁의 담을 넘는 것은 궁극의 도전이라고 할 수 있는데, 방에 속한 몸이다 보니 자기 마음대로 행동할 수 없다는 게 아쉬운 점이었다.

그러던 차에 방주의 명령이 떨어졌으니, 그보다 반가운 일이 있을 수 없었다.

홍패는 그날 밤 즉시 황궁에 침입했다.

그리고 그 안에서 살다시피 했다.

처음엔 한 발 옮기고 주변을 살피고, 다시 한 발 이동하고 숨을 죽이는 식이었다.

하지만 금군의 배치와 이동경로를 확인한 이후에는 그들을 비웃으며, 구석구석 자유롭게 돌아다니면서 궁의 구조를 익혔다.

그리고 모든 건물의 위치를 외운 이후에는 왕진의 동선을 매일 따라다녔다.

왕진은 홍패의 예상과 달리 몹시 인자해 보이는 인상의 소유자였다.

크지 않은 체격에 몸가짐도 조심스럽고, 하는 말도 교양이 있고 언변이 뛰어났다.

    과연 황제가 선생님이라고 부르며 따를 만하다는 생각
이 들었다.

    하지만 음성이 몹시 탁했고, 남을 경멸하는 것처럼 느껴
지는 짝눈이 풍모에 흠결이라고 할 수 있었다.

    홍패는 그의 숨소리를 들을 수 있는 거리까지 접근이
가능했다. 그러나 직접 손을 쓰지는 못했다.

    그를 호위하는 환관들 중에 고수가 많았기 때문이다.

    도둑으로서 익힌 여러 가지 수법들 덕분에 그들에게 들
키지 않을 수는 있지만, 손가락 하나라도 의지를 가지고
움직였다가는 곧장 발각될 게 분명했다.

    그렇게 한참 시간을 보낸 홍패는 장군부로 돌아가 진
평에게 보고했다.

    "왜 이렇게 오래 걸렸어?"

    진평의 물음에 홍패는 한숨부터 내쉬었다.

    "알 수가 없습니다."

    "왕진을 못 찾았나?"

    "그건 아닙니다. 그런데 놈이 매일 잠자리를 바꾸더라
고요. 보름 동안 단 한 번도 같은 처소에 머무른 적이 없
었습니다. 어떤 날은 자기 저택으로 갔다가, 어떤 날은 궁
에서 나오지도 않고, 들쭉날쭉입니다. 게다가 모든 거처가
기문진과 기관, 황궁 고수들로 둘러싸여 있습니다."

    진평은 못마땅한 표정을 지었다.

왕진이 자기 한 몸 지키기 위해 대책을 마련했으리라는 짐작은 했지만 그 정도일 줄은 몰랐던 것이다.

자신이 홍패와 설가영의 재주를 모두 한 몸에 지니고 있다면 몰래 잠입하여 기문진을 뚫고 왕진을 해치울 수도 있겠지만 현실은 그렇지 못했다.

그렇다고 황궁으로 쳐들어가서 왕진을 찾을 때까지 싸울 수도 없는 노릇이었다.

결국 다른 변수가 생길 때까지 그 일은 미뤄 둘 수밖에 없었다.

홍패는 장군부에 있는 것보다 황궁 안에 숨어들어 환관들 골려 주기를 더 좋아했다.

그래서 계속 감시역할을 맡는 데 불만이 없었다.

경사에는 왕진에 대해 살심을 억제하지 못하는 사람이 한둘이 아니었다.

장군부에 드나드는 문무관원들 중 장군 유취(劉聚)와 어사 정선(丁瑄)이 따로 자리를 마련하여 진평을 초청했다.

그들은 신분과 직위를 버리고 진평과 사내 대 사내로 어울리기를 바랐다.

진평도 그들의 호쾌한 언행이 마음에 들었다.

취흥이 도도해지자 두 사람은 서로 주고받으면서 현 세태에 대한 불만을 드러내기 시작했다.

진평은 그들이 자신의 속마음을 떠보려 한다는 사실을
알고 적당히 맞장구를 쳐주었다.

그러나 확답이나 장담을 하지는 않았다.

그들을 믿지 못해서가 아니라, 왕진이 얼마나 조심스러
운지 홍패를 통해 확인했기 때문에 일이 성사되기 어려움
을 아는 것이었다.

비운 술병의 수가 늘어나자 유취가 탁자를 내리치며 비
분강개한 어조로 말했다.

"그 환관 놈을 죽일 수만 있다면 진짜 내 목숨이라도
내놓을 수 있습니다."

정선도 탄식했다.

"저 역시 마찬가지입니다."

진평이 넌지시 말했다.

"칼을 구할 수는 있습니다만……."

유취와 정선의 눈이 번쩍 뜨였다.

"칼이라면……."

"상단을 경영하다 보면 여러 가지 상황에 대비하게 됩니
다. 좋은 쪽으로건, 나쁜 쪽으로건 말입니다."

유취와 정선은 서로 마주봤다.

진평이 말하는 칼이 자객을 의미한다는 사실을 알아차
린 것이다.

"저희가 칼을 쓸 수 있는 상황을 만들어 보겠습니다."

진평은 고개를 끄덕였다.

"칼은 제가 준비하겠습니다."

그가 생각하는 칼은 바로 자기 자신이었다.

황궁 고수들을 뚫고 왕진을 죽일 능력을 지닌 사람이 세상에는 많지 않았다.

권력의 핵심에 있는 왕진.

그를 잡는 위험한 일을 남에게 부탁할 수도 없었다.

진평은 어차피 관직에 오를 생각을 가진 것도 아니고, 본혈방 방주라는 것이 드러내놓고 활동하는 자리도 아니기 때문에 왕진을 죽인 후 경사를 떠나기만 하면 그만이었다.

자신 만한 적임자도 없었다.

정선과 유취는 몹시 기뻐하며 돌아갔고, 그 이후 전령을 보내어 긴밀하게 연락을 유지했다.

그들은 홍패와 달랐다.

궁 안에서 일어나는 모든 행사의 일정과 장소를 미리 알 수 있었다.

금군 내부에 병부와 깊은 교류를 주고받는 장교들이 많이 있었기 때문이다.

그것은 왕진의 행적을 따라다니는 것과 차이가 있었다.

왕진이 모습을 드러낼 수밖에 없는 경로를 예측하고 가장 유리한 지점을 찾아가 미리 매복할 수 있게 된 것이다.

며칠 뒤.

그들이 사람을 보내어 진평을 밖으로 불렀다.

장군부 안에서 의논하는 것은 혹시라도 나중에 우겸에게 피해가 갈 수도 있기에 장소를 따로 정한 것이다.

외딴 곳에 자리 잡은 작은 집의 후원.

장군 유취가 목소리를 낮추어 말했다.

"왕진의 예정 경로가 포착되었습니다. 사흘 뒤에 지화사(智化寺)에 들릴 것입니다."

지화사는 황제가 왕진에게 지어서 선물한 절이었다.

세상 사람들이 다 왕진을 욕해도 황제와의 사이만큼은 두텁고 각별해서 절까지 지어 주기에 이른 것이다.

진평이 물었다.

"그자는 평소에 일정을 자주 바꾸지 않습니까?"

"그렇습니다. 하지만 그날은 내서당(內書堂)의 학관들을 임면하는 일과 지화사에 종을 거는 일이 겹치기 때문에 틀림없이 그 두 지점 사이를 이동하게 되어 있습니다."

"그렇다면 매복지점은?"

"이동 중에는 철기병이 좌우에서 호위하니 거사를 치르기 어려울 것으로 보입니다. 지화사에 들어간 뒤에 습격하는 게 좋겠습니다."

진평은 고개를 끄덕였다.

철기병 때문에 어렵다고 생각해서가 아니라 철기병들이 날뛰면 거리의 사람들이 다칠 수 있다고 생각한 것이다.

유취가 조심스럽게 물었다.

"칼은 준비되었습니까?"

"그렇습니다."

진평의 대답에 유취와 정선 모두 안도의 표정을 지었다.

유취가 다시 물었다.

"병력은 얼마나 필요하십니까?"

진평은 손을 내저었다.

"시간과 장소만 알게 되면 됐습니다. 다른 사람은 필요 없습니다."

유취와 정선은 서로를 바라봤다.

진평이 말하는 칼이라는 것이 바로 본인이라는 사실을 눈치챈 것이다.

본래 유취와 정선은 무림에서 칭하는 이른바 세가 출신이었다. 평소 학문과 무공을 닦다가 관운이 닿으면 출사하는 것이고, 아니면 세가라 칭해지는 것이다.

유취와 정선 모두 나름대로 무공을 닦았기에 진평의 능력이 어느 정도인지 잘 알고 있었다.

강호에 자자한 호림공의 소문도 들었거니와, 얼마 전에는 장군부 담을 넘는 자객들을 일망타진하여 실력을 입증해 보인 바 있었다.

그가 나서 준다면 이 일은 성공한 것이나 다름없었다.

"좋습니다. 다른 사람 없이 저희 둘만 참여하도록 하겠습니다. 비밀을 지키는 데도 그 편이 좋겠지요."

진평의 생각은 달랐다.

"두 분은 굳이 위험을 감수할 필요 없습니다."

지화사의 위치만 확인하면 될 일이었다.

자기 혼자 행동하는 편이 더 나을 수 있었다.

그러나 정선이 고개를 가로저었다.

"저는 맹세한 게 있습니다."

"그게 무엇입니까?"

"제 스승님께서는 평소 왕진을 봐도 인사를 하지 않았고, 무릎도 꿇지 않으셨습니다. 사대부가 어찌 환관에게 머리를 숙일 수 있느냐 하는 게 평소 지론이셨습니다. 그런데 그 극악무도한 환관 놈이 스승님에게 있지도 않은 죄를 씌워 지해형(支解刑)을 내렸습니다."

지해는 두 손목과 발목을 차례로 잘라서 천천히 피가 빠져나가 죽게 만드는 잔인한 형벌이었다.

한림원 학사에게 그런 벌을 내림으로서 다른 유생들은 감히 건방진 소리를 하지 못하도록 본보기를 보인 것이다.

정선의 비분강개한 말이 이어졌다.

"그때 형의 집행을 지켜보면서 반드시 왕가 놈을 죽이고야 말겠다고 맹세했습니다. 이제 일이 이루어지려는 판에 빠질 수는 없습니다."

유취도 말했다.

"왕진 편에 붙어서 사욕을 챙기는 관리들도 문제입니다. 마순(馬順), 곽경(郭敬), 진관(陳官), 당동(唐童) 그 네 놈은 오히려 왕진보다 더 나쁜 놈입니다. 나는 왕진의 죽음을 확인한 후 그들의 집으로 찾아가 한 놈씩 모두 목을 벨 것입니다."

진평이 고개를 끄덕였다.

"좋습니다. 셋이 함께 갑시다!"

유취는 미리 준비한 잔을 가지고 와서 검으로 자기 손가락 끝을 찔러 피를 흘렸다.

정선과 진평도 따라 했다.

유취는 그 잔에 술을 따랐고, 셋이 나누어 마셨다.

맹세 의식으로 결의를 굳게 다진 것이다.

*　　　　*　　　　*

진평은 우겸은 물론 설가영이나 홍패에게도 거사에 대해 일체 얘기하지 않았다.

공연히 걱정을 끼치고 싶지 않아서였다.

거사 당일엔 홍패를 만나러 간다며 설가영을 떼어 놓고 나와 저자에서 유취, 정선과 합류했다.

그들은 가벼운 옷차림에 검과 암기, 복면 등을 준비해 놓고 있었다.

인사를 나눈 후 정선이 종이 한 장을 펼쳤는데, 거기엔 지화사의 건물들과 내부 구조가 상세히 그려져 있었다.

진평은 왕진이 머물 수 있는 장소와 진출입로를 자세히 살펴보고 반복해서 익혔다.

길만 알면 담이 높고 호위가 많은 것은 그에게 문제가 되지 않는 것이다.

유취는 진평에게 검 한 자루를 내밀었다.

"날에 맹독을 발라 두었으니 쓰기 전에는 뽑지 마십시오. 냄새도 맡지 않도록 조심하십시오."

진평은 검을 받아 두었다.

목표를 제거하는 데 무기가 필요하다는 생각은 들지 않았지만 준비해 둬서 나쁠 이유는 없었다.

이번 일은 무공의 고하를 가리는 게 아니고 천하를 어지럽히는 쥐새끼 환관을 제거하는 일이니 되도록이면 확실한 수단을 준비하는 게 좋은 것이다.

유취가 말했다.

"지금 왕진은 내서당에 있습니다. 지화사에 먼저 가서 기다릴까요?"

진평은 고개를 가로저었다.

"아닙니다. 지화사는 저들의 근거지이니까 부하들이 미

리 배치되어 있을 것입니다. 혹시 누군가 우리 세 사람을 발견하고 알리기라도 하면 다시 궁으로 돌아가 버릴지도 모르니 굳이 먼저 움직일 필요는 없을 것입니다."

"그럴 가능성도 있군요."

진평 혼자라면 몰라도 셋이 함께 움직일 경우 그들의 눈에 띌 가능성이 있었다.

세 사람은 길가 찻집에 앉아 기다리다가 왕진 일행이 지나가면 뒤를 따라가기로 했다.

                    *   *   *

황궁에서 지내던 홍패는 왕진이 나가는 것을 보고 진평에게 알리기 위해 장군부로 갔다.

그리고 뜻밖의 얘기를 듣게 되었다.

"뭐? 형님이 나를 만난다며 나가셨다고?"

황당하기는 설가영도 마찬가지였다.

"왜 그런 말씀을 하셨을까요?"

홍패가 눈을 가늘게 뜨며 말했다.

"남자가 거짓말하는 경우는 한 가지밖에 없는데……."

설가영은 발끈했다.

"형님이 다른 여자라도 만난다는 뜻인가요?"

"그거야 모르지. 히히……."

"당장 형님을 찾으러 가요!"

홍패는 고개를 가로저었다.

"거짓말까지 하신 건 따라오지 말라는 뜻이야."

"그러니까 더 따라가 봐야죠. 혹시 위험한 일을 하실지
도 모르잖아요."

설가영은 곧바로 검을 챙겨 들고 밖으로 나갔다.

"어디로 가신 줄 알고? 경사를 다 뒤질 셈이야?"

삼목객과 마충, 왕립이 그녀를 따라 나섰고 홍패도 결
국 그들을 따를 수밖에 없었다.

번을 서는 병사에게 얘기를 하고 장군부 밖으로 나선
다섯 사람은 설가영이 이끄는 대로 저자를 헤맸다.

계속 투덜거리며 그녀를 따르던 홍패는 한 무리의 행인
들과 마주쳐 지나가다가 고개를 갸웃거렸다.

그들 중 낯익은 얼굴이 하나 있었기 때문이다.

어디서 봤나 생각해 봤더니 장군부 앞 다관에서 차를
마시고 있던 남자였다.

홍패는 순간 온몸에 전율이 스치는 것을 느꼈다.

동창에서 자신들을 감시 중이라는 사실을 깨달은 것이
다.

그는 즉시 설가영에게 말했다.

"막내야, 어서 돌아가자."

"왜요?"

홍패는 소리 죽여 말했다.

"동창의 밀정들이 우리 주위를 맴돌고 있어."

그 말에 설가영의 표정도 변했다.

"아, 알았어요."

즉시 발길을 돌렸지만 진평을 걱정하느라 장군부에서 너무 멀리 왔다는 게 문제였다.

길 좌우로 보조를 맞추어 걷는 사람의 수가 점점 늘어나는가 싶더니 나중엔 아예 대여섯 명씩 무리를 지어 노골적으로 길을 차단했다.

설가영은 당황하지 않을 수 없었다.

"설마 백주대로에 싸움이라도 걸겠다는 걸까요?"

홍패는 입맛을 다셨다.

"동창이 못 할 일이 뭐가 있겠어."

동창이라면 저잣거리에서 싸움 아니라 살인 방화를 저지르고도 눈 하나 깜빡 않고 당당하겠지만 설가영 일행은 그럴 수 없었다.

길을 막는 무리를 피해 가다 보니 일행은 어느 인적 드문 골목 안으로 들어가게 되었다.

그리고 곧바로 골목의 앞과 뒤가 모두 막혔다.

포위당한 다섯 사람은 결전에 대비해야 했다.

설가영이 나서서 말했다.

"너희는 누구냐? 왜 우리를 따라오는 거지?"

그러나 길을 막은 자들은 아무 말도 하지 않았다. 저마다 무기를 꺼내어 들고 방어진을 단단히 짤 뿐이었다.

포위 후, 공격은 하지 않고 방어 준비만 한다는 사실이 좀 의외였다.

원인은 곧 밝혀졌다.

골목 좌우의 담장 위로 여섯 명의 인영이 갑자기 모습을 드러낸 것이다.

그들은 야행복을 입고 복면으로 얼굴을 가린 차림새였는데, 내뿜는 기도가 강렬하기 이를 데 없었다.

설가영과 삼목객, 홍패는 긴장한 표정으로 서로를 봤다.

그들은 장군부 담을 넘은 적들과 싸워 봐서 동창과 그들이 고용한 자객의 수준을 잘 알고 있었다.

그러나 담 위의 여섯 명은 그들과 질적으로 다른 고수라는 사실을 느낄 수 있었다.

홍패가 그들 중 눈썹이 희고 드러난 손에도 주름이 가득 잡힌 자를 향해 물었다.

"너희는 누구냐?"

"흐흐흐……."

상대는 대답 대신 손가락을 튕겼다.

순간 홍패는 깜짝 놀라서 몸을 회전시켰다.

바늘 세 개가 연달아 자신의 요혈을 향해 날아왔는데,

믿을 수 없을 만큼 빠른 출수였다.

암기를 던진 노인이 탁한 음성으로 말했다.

"무기를 버리고 얌전히 무릎을 꿇으면 서로 편할 것이다. 사로잡으라고만 했지 팔다리를 온전히 붙여 두어야 한다는 조건은 없었거든. 흐흐흐……."

나머지 다섯 명이 따라서 괴소를 흘렸다.

설가영은 그런 그들에게 코웃음을 치며 말했다.

"흥! 환관의 앞잡이나 하는 주제에 뭐가 잘났다고 웃고들 있느냐? 부끄러운 줄을 알아야지."

여섯 명의 웃음이 뚝 그쳤다.

그리고 노인이 격앙된 어조로 말했다.

"우리 불회곡(不回谷)이 조정에 협력하는 것은 잠시 동안만이다."

"불회곡?"

설가영과 홍패는 크게 놀랐다.

우내팔정의 일원인 그들이 세상에 모습을 드러낸 것이다.

좌도방문(左道房門)으로 알려진 그들이 하필이면 동창과 손을 잡았다는 사실이 더욱 충격적이었다.

설가영은 현재의 상황에서 결코 쉽게 빠져나갈 수 없을 거라는 사실을 직감했다.

불회곡은 사마외도의 본산이었다.

그들이 이렇게 포위까지 한 마당에 자신과 일행을 곱게 놓아 보내 줄 리 없었다.

설가영은 검을 뽑았고 홍패는 소매 안에 손을 넣어 손가락 사이마다 암기를 끼었다.

복면 노인이 괴소를 흘렸다.

"흐흐흐…… 어리석구나."

그와 동시에 여섯 명이 몸을 날렸다.

설가영은 검을 휘둘러 그들을 맞았다.

그녀와 홍패의 무공은 예전과 크게 달라져 있었다.

영약과 연공, 실전을 통해 비약적인 성장을 한 것이다.

그러나 불회곡 고수들을 상대하기는 쉽지 않았다.

그들의 무공은 빠르면서도 내력이 충만했고 초식의 변화도 다양하고 복잡했다.

또한 처음부터 끝까지 치명적인 급소를 노리는 살초들로만 이어졌다.

홍패는 암기로 적과의 간격을 벌리며 자기 자신보다 설가영의 안전에 더 신경 썼다.

삼목객도 설가영에게 신경을 썼지만 당장은 마충과 왕립을 지키는 게 더 급했다.

일행 중 그 두 사람의 무공이 가장 처지기 때문이었다.

마충과 왕립은 홍패의 하인에 불과했지만 삼목객에게 있어서는 몹시 소중한 존재였다.

현교의 첫 번째 입교자이자 지금은 교의 중추 역할을 맡고 있는 사도들이었다.

　불회곡의 복면 노인은 다른 다섯 명이 싸우는 모습을 잠시 지켜보다가 삼목객을 향해 몸을 날렸다.

　설가영 일행 중 가장 처치하기 쉬운 자부터 하나씩 제압해 나갈 생각을 한 것이다.

　그것이 아군의 피해를 최소화하면서 적을 무력화시킬 수 있는 가장 현명한 방법이라고 할 수 있었다.

　그러나 그의 선택은 결과적으로 현명하지 못했다.

　삼목객이 쩔쩔매는 이유는 마충과 왕립을 모두 지킴과 동시에 자기 싸움까지 했기 때문이다.

　거기에 복면 노인이 가세하자 삼목객은 견딜 수 있는 한계를 넘어서고 말았다.

　보통의 무림이었다면 거기서 무너졌겠지만 삼목객은 우내팔정의 일인이었다.

　복면 노인은 자신의 검이 삼목객의 유근혈을 찌르는 순간 속으로 쾌재를 불렀다.

　'잡았다!'

　그러나 손바닥에 전해지는 감각이 뭔가 이상했다.

　이어 놀라운 광경이 펼쳐졌다.

　주위에 삼목객 수십 명이 동시에 나타난 것이다.

　"화, 환술이다! 조심해라!"

그러나 삼목객의 환술은 조심한다고 해서 구분해낼 수 있는 수준이 아니었다.

수십 명이 각각 다르게 움직이니, 불회곡 고수들은 어느 환영이 가짜이고 어느 게 진짜 삼목객인지 알 수 없었다.

그와 반대로 설가영과 홍패 입장에선 수십 명의 우군이 생긴 셈이었다.

삼목객과 같은 편이기 때문에 어느 게 진짜인지 구분하려고 애쓸 필요 없이 복면인들만 골라서 공격하면 되었다.

설가영의 검과 홍패의 암기는 불회곡 고수들 입장에서 봤을 때 막아내기 어려운 수준은 아니었지만, 그렇다고 해서 쉬운 상대도 결코 아니었다.

어느 정도 수준에 오른 고수들끼리의 대결에서는, 설령 무공에 다소 차이가 있다 하더라도 잠깐 방심하면 그것이 곧 치명적인 결과로 이어질 수 있었다.

삼목객의 환영에 둘러싸인 불회곡 고수들은 짧지만 무방비상태나 마찬가지가 되었고 설가영 등은 그 기회를 놓치지 않았다.

"크으……!"

"아악……!"

연달아 비명이 터져 나왔다.

불회곡 고수들이 모두 쓰러지자 삼목객의 환영들도 거짓말처럼 사라졌다.

골목 앞뒤를 막고 있던 동창 무사들은 갑작스런 상황에 크게 놀라 어찌할 바를 몰랐다.

그들은 불회곡 고수들의 실력을 누구보다 잘 알고 있었다.

그런 그들이 일순간에 전멸당할 거라고 생각한 사람은 단 한 명도 없었다.

그들이 머뭇거리는 사이 설가영 일행은 담을 넘고 지붕을 건너뛰어 현장을 무사히 빠져나올 수 있었다.

설가영이 홍패에게 물었다.

"이들이 나타났다는 사실을 형님이 알고 있나요?"

홍패는 고개를 가로저었다.

진평에게서 그런 얘기를 들은 기억이 없었다.

설가영은 발을 동동 굴렀다.

진평이 지금 혼자서 무슨 일을 하려는 건지는 알 수 없지만, 만약 이들과 엮이게 된다면 곤란에 처할 수도 있다고 생각한 것이다.

*   *   *

진평과 유취, 정선은 왕진의 행렬을 따라갔다.

궁 밖으로 나온 그를 만났으니 이번 거사가 절반쯤은 성사되었다는 게 진평의 생각이었다.

남은 일은 주변의 피해를 최소화할 수 있는 시간과 장소를 찾아가는 것뿐이었다.

황제가 지어 선물한 절 지화사.

그곳에는 승려가 단 한 명도 없었다.

불상 앞에 황제의 만수무강을 축원하는 향이 매일 켜지고는 있지만 실제로는 왕진의 사저 중 하나라고 볼 수 있었다.

왕진 일행이 지화사로 들어가자 금군이 건물을 빙 둘러 에워쌌다.

마치 황제라도 호위하는 듯 삼엄한 경계였다.

그러나 진평의 입장에선 큰 부담이 아니었다. 오히려 왕진 좌우에 있던 환관 한두 명에 더 신경이 쓰였다.

유취가 말했다.

"병력이 예상보다 많군요."

진평이 계획을 말했다.

"내가 먼저 들어가서 소란을 피울 테니, 저들의 대형이 흐트러지면 그때 움직이십시오."

유취와 정선은 고개를 끄덕인 후 복면으로 얼굴을 가렸다.

진평도 복면으로 얼굴을 가린 후 독 바른 검을 들고 나무 위로 올라갔다.

연달아 나무와 담, 지붕 사이를 새처럼 날아다니는 진평의 움직임을 보고 유취와 정선은 차탄을 금치 못했다.

진평은 여덟 번의 도약 만에 지화사 지붕에 내려앉는 데 성공했다.

지화사를 빙 둘러 지키던 병사와 장교들 중 누구도 눈치채지 못할 정도로 가벼운 움직임이었다.

진평은 지붕 위에서 왕진이 타고 온 가마의 위치와 환관들의 동선을 확인했다.

왕진의 현재 위치를 확인하기 위해서였다.

'보이기만 해라.'

왕진이 모습을 드러내기만 하면 그는 죽은 목숨이었다.

마교 교주와의 대결 이후 진평의 무공은 한 단계 더 깊어진 상태였다. 감히 천하제일이라는 생각은 하지 않았지만, 적어도 왕진의 심장에 독검을 찔러 넣는 그 한 번의 돌진을 제지할 사람은 세상에 없을 거라는 게 그의 생각이었다.

그런데 바로 그 순간.

진평의 눈썹이 꿈틀거렸다.

십여 개의 강력한 기도가 사방에서 한꺼번에 지붕을 향해 날아오르고 있었다.

그들은 모두 검정색 야행복을 입고 있었는데, 지붕에 올라서자마자 순식간에 진평을 에워쌌다.

그리고 그들 중 한 명이 낮게 가라앉은 어조로 말했다.

"넌 누구냐? 정체를 밝혀라."

진평 입장에선 그들의 정체가 더 궁금했다.

왕진 일행에 이들은 없었다.

지화사에 미리 배치되어 있었다는 뜻인데, 침투 전에 이들의 존재를 미리 감지하지 못한 것은 의외였다.

그들이 대단한 고수라는 뜻이었다.

'동창에 이 정도의 인물들이 있었다니……'

지붕 위에서 말소리가 들리자 환관들이 마당으로 나와 위를 올려다보고는 큰소리로 외쳤다.

"자객이다!"

"금군을 불러라!"

사방이 금세 소란스러워지자 진평은 암살에 실패할지도 모른다는 생각을 했다.

그럴 수는 없는 일이었다.

진평은 검을 뽑아 들고 곧바로 몸을 날렸다.

그를 에워싼 검은색 야행복의 고수들은 즉각 거기에 반응하여 무기를 휘두르며 맞섰다.

그러나 진평의 움직임이 너무 빨랐다.

펑! 소리와 함께 두 사람이 동시에 공중으로 떠올랐다 싶은 순간, 지붕 기와를 부수며 반대 방향으로 튀어 나간 진평은 또 다른 두 명을 날려 버렸다.

눈으로 따라가기도 힘들 정도의 움직임이라 네 명이 동

시에 뛰어오른 것처럼 보였다.

"조심해라!"

"진을 발동해라!"

살아남은 자들은 진평의 움직임을 보고 달을 향해 날아간 동료들의 안위를 걱정할 여유가 없다는 사실을 알아차렸다.

합격진이 발동되자 상황은 다소나마 안정되는 듯 보였다.

그러나 뱀의 혀처럼 춤추며 파고드는 진평의 검을 막아내는 것은 지난한 일이었다.

한꺼번에 두 명씩이 아니라 한 번에 한 명씩 목숨을 잃게 되었을 뿐, 열세라는 사실엔 변화가 없었다.

"멈추어라!"

진평은 등 뒤에서 다가오는 잠력(潛力)을 느끼고 돌아서서 왼손으로 그것을 맞받아쳤다.

극히 짧은 순간.

강유와 진토의 조합이 여러 차례 이루어지다가 상대가 경력을 거두어들임으로 해서 아무런 피해도 입지 않고 나누어 설 수 있게 되었다.

맞은편에 선 사람은 여인이었다.

다른 자들과 달리 얼굴을 드러내고 있었는데, 주름 없이 팽팽한 피부 때문에 나이를 짐작할 수 없었다.

그녀가 말했다.

"넌 누구냐?"

진평은 가볍게 코웃음을 친 후 대답했다.

"그런 질문에 대답할 거라면 왜 얼굴을 가렸겠나?"

"호호호! 그렇구나."

여인의 목소리는 변화가 심해서 어떤 때는 어린아이처럼 들리기도 하고 어떤 때는 노파처럼 들리기도 했다.

그녀의 말이 이어졌다.

"당금 천하에 방금과 같은 한 수를 펼쳐낼 수 있는 사람이 과연 몇 명이나 될지 생각해 보면 답이 나오겠지."

진평은 그녀와 대거리하고 싶지 않았다.

왕진이 도망치는 걸 막는 게 시급한 문제였다.

그러나 그녀를 놔두고 움직일 수도 없었다.

단 한 번의 손 나눔에 불과했지만 상대의 무공 깊이를 알아보는 데는 충분했다.

그녀는 한눈을 팔아도 될 정도로 만만한 상대가 결코 아니었다.

진평은 정면 돌파를 선택했다.

"물러서지 않으면 죽이겠다."

그러자 여인이 손으로 입을 가리며 웃었다.

"이것 참 너무하는군. 중원에 와서 처음으로 제대로 된 상대를 만났는데 통성명도 없이 바로 싸우자고 하다니."

그것은 진평 입장에서도 아쉬운 부분이었다.

만약 다른 시간, 다른 장소에서 만났다면 그녀에 대해 좀 더 예의를 갖추었을 것이었다.

그러나 지금은 왕진을 잡은 일이 더 급했다.

진평은 곧바로 몸을 날려 여인을 공격했다.

빠르고 격렬한 공방.

승부는 쉽게 나지 않았다.

여인의 무공이 예상만큼 뛰어난 면도 있었지만 진평이 무기를 제대로 쓰지 않는 것도 한 가지 이유였다.

진평은 독 묻은 검을 거꾸로 쥔 채 그녀와 싸웠다.

행여라도 날이 스치기라도 하면 그녀가 실력이 아닌 우연으로 인해 목숨을 잃을 수도 있었기 때문이다.

진평이 상대에게 해 줄 수 있는 나름대로의 예우였다.

여인은 진평이 거의 팔 하나를 쓰지 않고 싸우는 것과 같다는 사실을 알아차렸다.

불회곡의 곡주인 그녀 입장에선 자존심이 상하는 일이었지만, 문제는 상대가 전력을 다하지 않음에도 불구하고 상황이 점점 불리해진다는 사실이었다.

특히 팔과 다리가 닿을 때마다 몸이 끌려 들어가기도 하고 튕겨 나오기도 하는 변화 때문에 여간 곤혹스러운 게 아니었다.

접촉 횟수가 늘어날수록 그 정도는 계속 심해져서 자신

의 투로를 제대로 지켜내기조차 힘들 지경이 되었다.

'세상에 이런 고수가 있었다니.'

불회곡 곡주 송세연(宋世然)에게 있어 현재의 상황은 당황스럽기 짝이 없는 것이었다.

그녀가 무저곡(無底谷)을 나오기로 결심한 것은 사조들의 신공을 완성시킨 자신의 무위에 자신이 있었기 때문이다.

이왕이면 단번에 천하를 호령해 보자는 생각에 최고 권력자인 왕진 휘하에 투신하게 되었는데, 자객 하나 어쩌지 못한다면 꼴이 우습게 되는 것이다.

송세연은 이를 악물고 비전의 기술을 시전했다.

진평은 그녀를 둘러싼 기운이 급변하는 것에 놀랐다.

가장 큰 변화를 보인 것은 그녀의 눈동자였다.

동공이 커져서 눈 전체가 검정색으로 보일 정도였다.

"으음……."

진평은 침음성을 흘렸다. 당황스럽게도 몸의 움직임이 뜻대로 잘 이루어지지 않았다.

손과 발이 남의 것이라도 된 것처럼 뻣뻣해지고 있었다.

'사술이다!'

상대가 괴이한 수법을 쓴다는 사실을 알아차린 진평은 급히 진기를 순환시키고 정신을 집중했다.

그러자 머릿속에서 음성이 들려왔다.

'저항하지 마라. 너는 나를 이길 수 없다.'

진평은 그 목소리의 주인공이 바로 눈앞의 여인이라는 사실을 알았다. 입을 꼭 다물고 있음에도 불구하고 소리가 들린다는 사실이 신기했다.

'섭혼술인가?'

자신에게 통할 정도라면 그 수법의 고명함은 실로 대단하다 할 수 있었다.

진평은 불편한 상황에서 빨리 벗어나고 싶었다.

그래서 그녀를 향해 검을 휘둘렀다. 시전자를 제압하면 간단히 풀려날 거라고 생각한 것이다.

그러나 상황은 그의 뜻과는 다르게 전개되었다.

분명 팔을 뻗어 상대를 찔렀는데 송세연이 팔을 비틀어 위로 올리자 자신의 팔도 의지와 상관없이 그 동작을 따라 했다. 당연히 공격은 무산되고 말았다.

진평은 문제가 심각하다는 사실을 깨달았다.

목소리가 다시 들려왔다.

'호호호……! 그 정도 가지고 되겠느냐? 네 최고의 초식을 펼쳐 보거라.'

그녀는 계속적인 공격을 유도하고 있었다.

진평은 방법을 바꾸기로 했다.

무슨 수법을 썼는지는 모르지만 이미 자신의 생각과 의지가 상대와 연결되어 있다는 느낌이 들었다.

이때 상대를 죽이기 위해 몸부림치는 것은 오히려 올가미를 더 강하게 조이는 자살행위가 될 것 같았다.

진평은 그 반대의 길을 택했다.

팔을 늘어뜨리고 편안한 자세로 상대를 응시했다.

'포기하는 거냐? 호호호……! 현명하구나.'

진평은 그녀가 뭐라 하건 신경 쓰지 않고 자신과 그녀 사이를 잇는 진기 흐름을 찾기 위해 집중했다.

그러자 오래지 않아 그 끈이 느껴졌다.

진평의 입가에 미소가 번졌고, 반대로 불회곡주는 대법이 깨지려 한다는 사실을 알고 크게 놀랐다.

불회곡주는 내공을 있는 대로 다 끌어 올렸다.

그러자 이제까지 팽팽하던 그녀의 피부가 쭈글쭈글해지기 시작했다.

주안술에 쓰던 내력까지 전부 끌어모았기 때문이다.

불회곡주는 잠깐 사이에 극적으로 노파가 되었지만 진평과의 내공 대결에서 여전히 우세를 점하지 못했다.

그것은 단지 내공만의 문제가 아닌 정심(定心)을 유지하는 의지력의 대결이기도 했는데, 양쪽 방면 모두에서 진평을 넘어서기 어려웠다.

불회곡주는 최후의 수단을 사용했다.

그녀가 주문을 외우자 피부가 더욱 쪼그라들었다.

엄청난 내력을 소모하는 게 분명했다.

승리를 확신하고 있던 진평은 갑자기 눈앞에 나타난 자신을 보고 깜짝 놀랐다.

마치 거울 앞에 선 것 같은 상황.

그러나 상대는 거울의 평면적인 형태가 아니라 입체적인 모습을 제대로 갖추었고, 영락없는 자기 자신이었다.

'환술인가?'

삼목객과 지내면서 여러 번 보았기 때문에 크게 당황스럽지는 않았다.

그때, 주위를 포위하고 있던 불회곡 고수들이 조금씩 포위망을 좁혀 오다가 곡주가 한순간에 늙어 버리는 것을 보고 일제히 진평을 공격하기 시작했다.

평소 같았으면 곡주의 대결에 감히 끼어들 수가 없었다.

그러나 지금은 그녀가 명맥하게 위험에 처한 것으로 보였기 때문에 손을 쓴 것이다.

진평의 눈이 빛났다.

동시에 그의 검이 수십 개의 검화를 동시에 피어 올렸다.

가히 신기에 가까운 검초들이었다.

불회곡주와 위험한 대결을 하는 중이라 자신이 사용할 수 있는 가장 치명적이고 효율적인 초식들을 사용한 것이다.

끔찍한 결말.

수하들이 순식간에 전멸하는 것을 보고 불회곡주는 신

음을 토했다.

그들의 죽음이 안타까워서가 아니라, 진평이 자신의 섭혼술에서 완전히 벗어났음을 증명했기 때문이다.

진평은 천천히 몸을 돌렸다.

이제 그의 앞에 있는 사람은 노파가 되어 버린 불회곡주와 또 다른 자신, 둘뿐이었다.

진평은 망설일 이유가 없다는 생각으로 불회곡주를 향해 검을 휘둘렀다.

그런데 놀랍게도 그 검을 또 다른 자신이 막았다.

진평은 미간을 찌푸렸다.

'단순한 환영이 아니었단 말인가?'

그것은 말이 되지 않았다.

분명 검과 검이 부딪쳤다.

그것은 상대도 몸과 검을 가진 실체라는 뜻이었다.

더욱 놀라운 일이 벌어졌다.

맞은편의 자신이 말을 걸어 온 것이다.

"무엇을 위해 이렇게 애쓰는 것인가? 네겐 이미 사랑하는 여인도 있고, 충분한 재산도 있다. 인간사 천년만년 이어지는 것도 아닌데 왜 공연히 남의 일에 개입해서 자신의 편안함과 즐거움을 포기하는가?"

진평은 말하는 사람이 바로 자기 자신임을 알 수 있었다.

사술의 시전자가 얘기를 하는 거라면 여인이나 재산에 대해서 알고 있을 리가 없었다.

맞은편의 상대는 생각이 다른 자기 자신이었다.

불회곡주가 정심과 내공에서 모두 우위를 점하지 못하자 최후의 수단으로 진평 자신을 분리시켜 상대하게 만든 것이다. 그것은 섭혼술 최상승의 경지에 해당하는 비술이었다.

진평은 심각해졌다.

상대가 자기 자신이라면 더 빠르고, 더 강하게 공격한다 해도 그만큼 더 빠르고 강한 반격이 되돌아올 것이다.

설령 공격에 성공한다 해도 그게 자신을 찌르는 것이라면 결과가 어떻게 나올지 알 수 없었다.

특히나 맹독을 바른 검으로 그런 일을 할 수는 없었다.

결국 상대가 실체이냐 허상이냐는 의미가 없는 것이다.

진평은 왕진을 추격해서 잡아야겠다는 생각을 완전히 포기했다.

지금은 마음속에 어떠한 잡념도 남겨 두지 않고 이 껄끄러운 상황을 벗어나는 데만 집중해야 하는 것이다.

진평은 검을 늘어뜨렸다.

그러자 상대도 검을 내렸다.

불회곡주가 크게 놀라고 당황하는 모습이 보였다.

무인, 그것도 절세무공을 지닌 고수가 이런 식으로 문제를 해결하려 할 거라고는 예상치 못했던 것이다.

진평은 상대에게 말을 걸었다.

"세상사에 눈감고 은거라도 하란 말인가?"

"너도 그런 삶을 동경하지 않느냐?"

"그건 사실이지."

"그렇다면 무얼 망설이는가?"

"나는 그럴 수 있지만······."

"있지만······."

"본혈방 방주는 그래선 안 된다."

맞은편의 자신이 화를 냈다.

"흥! 나보다 남을 위한다는 것은 다 위선이다!"

진평은 미소 지었다.

"위선? 선악의 구분은 중요하지 않다."

"말도 안 되는 소리! 나보다 남을 위해 살려는 것은 선을 좋아하고 악을 미워하기 때문 아니냐?"

"너는 옛날의 나로구나."

"무, 무슨 뜻이지?"

"선악을 구분하는 것은 의미가 없다. 나는 단지 내 의지대로 행할 뿐이다."

광명과 암흑을 초월하는 존재에 대해 삼목객과 얘기한 이후에 확고히 자리 잡은 생각이었다.

맞은편의 자신은 자신과 똑같은 것 같으면서도 달랐

다.

오랜 세월 형성된 의식은 비슷하지만 최근에 얻은 깨달음은 아직 깊이 자리 잡지 못했던 것이다.

그 차이점을 인식하는 순간 불회곡주의 대법은 깨졌다.

그녀가 피를 토하며 주저앉는 것과 동시에 맞은편에 서 있던 진평의 모습이 허공중으로 사라져 버렸다.

진평은 초라한 노파가 되어 거친 숨을 몰아쉬는 그녀에게 검을 겨누고 물었다.

"너는 누구냐?"

"나, 나는 불회곡의 곡주다."

"불회곡이라……."

진평이 못마땅한 표정으로 다시 물었다.

"어째서 환관의 앞잡이 노릇을 하는가?"

"가는 길이 다를 뿐이다. 여러 말 말고 죽여라!"

그녀는 발악적으로 외쳤다.

진원지기를 다 소모해 버린 지금은 어차피 곡으로 돌아가 봤자 죽은 목숨이나 마찬가지였다.

불회곡에선 오로지 강자만이 대접을 받을 뿐, 약자에겐 어떠한 자비나 동정도 베풀어지지 않기 때문이었다.

진평은 일검에 그녀의 목을 베었다.

그녀의 사술은 위험했다.

자신도 당할 정도였으니, 다른 사람들에게는 엄청난 피

해를 입힐 수 있는 것이다.

기회가 있을 때 확실히 죽이지 않으면 나중에 두고두고 후환이 될 수 있다는 사실을 이미 동악율을 통해 경험했기에 그의 손길엔 망설임이 없었다.

지붕 위의 상황을 마무리 지은 진평은 더 높은 곳으로 올라가 왕진의 위치를 파악하려 했다.

그가 타고 온 가마는 원래의 자리에 있었다.

대신 멀리 달아나는 사람들이 모두 여섯 무리나 보였다.

그들 중 하나겠지만 어느 게 진짜인지는 알 수 없었다.

이런 상황까지 대비해 둔 것을 보면 참으로 주도면밀한 셈이니, 어쩌면 여섯 개의 가마가 다 비어 있을 수도 있었다.

망설이던 진평은 담 밖에서 벌어진 소란을 보게 되었다.

유취와 정선이었다.

그들이 겹겹이 둘러싸인 금군과 싸우고 있었다.

안에서 소란이 벌어지자 일이 성사된 줄 알고 들어갔다가 제지당하고, 지금은 포위되어 잡히기 직전에 몰린 것이다.

진평은 왕진 추격을 포기하고 대신 유취와 정선을 구하기로 했다. 그들이 잡혀 정체가 드러나면 우겸이 위험해질 수도 있었다. 그게 아니더라도 피를 나눠 마시며 맹세한 동지들을 그냥 내버려 둘 수는 없었다.

유취와 정선의 무공은 인상적이었다.

그러나 겹겹이 포위한 금군을 모두 물리칠 정도로 고명한 수준은 아니었다.

그들이 최후를 각오했을 때, 금군의 포위망이 한꺼번에 무너지기 시작했다.

진평이 뛰어들어 금군을 닥치는 대로 집어 던지며 길을 만든 것이다.

"저자를 잡아라!"

"진형을 유지해라!"

금군의 지휘관들은 악을 쓰며 부하들을 독려했지만 진평을 막을 수 있는 사람은 한 명도 없었다.

손이건, 발이건, 무기건 닿기만 하면 몸 전체가 끌려 들어가거나 튕겨 날아가니 뭘 어떻게 해 볼 방법이 없었다.

잠깐 사이에 길을 만든 진평은 유취와 정선을 구해서 현장을 빠져나갔다.

금군은 소리를 지르며 추격했지만 경공술로 달아나는 세 사람을 따라잡을 수 없었다.

제2장
사막의 바람

유취, 정선과 헤어진 진평은 장군부로 돌아갔다.

"형님! 제가 얼마나 걱정했는지 아세요?"

설가영이 눈물을 글썽거리며 안겨 왔다.

진평은 그녀를 안고 다독여 주었다.

왕진을 목표로 한 암살 시도가 있었기 때문에 성안은 아침까지 시끄러웠다.

진평은 공연히 소란만 일으키고 일은 성사시키지 못한 자신을 책망했다.

불회곡이라는 변수가 개입했다고는 해도 결국 성공하지 못한 것은 실망스러운 결과였다.

안 그래도 조심스럽던 왕진이 앞으로 더욱 궁 밖 출입

을 자제할 것이기 때문이었다.

진평은 더 이상 경사에 머물 이유가 없다고 생각했다.

그는 우겸을 찾아가 말했다.

"내일 떠날까 합니다."

우겸이 놀란 표정으로 물었다.

"어디로 말인가?"

"오이라트의 움직임이 궁금합니다."

"흐음……."

우겸은 만류하려 했지만 진평의 표정과 말투가 너무 단호했다. 이미 마음을 굳힌 게 분명했다.

진평은 자신이 떠난다 해도 우겸이 위험하지는 않을 것이라는 확신을 가지고 있었다.

자객의 습격이 실패로 돌아간 이후, 한동안은 장군부 주변을 지키는 감시의 눈이 늘어났지만 오이라트 사절단을 쫓아낸 뒤로는 그 수가 급격히 줄어들었다.

어차피 일을 저질러 버렸으니 우겸이 뭐라고 하건 더 이상 상관없다는 뜻일 수도 있고, 앞으로 전쟁이 벌어질 것에 대비하여 병부와 관계를 개선하려는 것일 수도 있었다.

설령 동창이 다시 습격한다고 해도 이번엔 우겸이 순순히 당할 리 없었다.

또한, 그동안 설가영이 기문진을 지속적으로 보강했기 때문에 담을 넘는 시도는 지난번보다 더 비참한 실패로 끝날 것이었다.

우겸이 생각을 마치고 진평에게 물었다.

"그들의 움직임을 내게도 알려 주겠는가?"

조카와 함께 있고 싶었지만, 지금은 나라가 위난에 처한 상황이니 필요한 도움은 모두 받는 게 현명한 처신이라고 할 수 있었다.

초병(哨兵)을 운용하는 것은 전략적으로 몹시 중요한 일이었다. 하지만 가까이 접근할수록 위험도 커지기 마련이었다.

만약 무림고수들이 그 일을 해 준다면 병부로서는 크게 환영할 일이었다.

"물론입니다. 낱낱이 전해 드리겠습니다."

진평이 원하는 바도 그것이었다.

장군부에서 세월만 죽이고 있는 것에 비하면 백배는 나은 일이 될 터였다.

"자네에겐 번번이 아쉬운 부탁만 하게 되는군."

"제가 도움이 된다면 기쁠 뿐입니다."

"하루만 시간을 주게."

하루의 시간은 설가영이 가족들과 작별하는 데 필요한 시간이기도 했다.

그녀가 우부인과 지내는 동안 삼목객은 두 제자 마충과 왕립에게 당부했다.

"한동안 난민촌으로 돌아가지 못할 것 같으니 너희가 먼저 가서 교리를 전파하고 사람들을 이끌도록 하거라."

마충과 왕립은 홍패를 바라봤다.

그들은 여전히 홍패의 하인 신분이었던 것이다.

홍패는 선선히 고개를 끄덕였다.

"가서 열심히들 해 봐."

두 사람은 기뻐하며 즉시 떠났다.

이제는 교에 깊이 몰두하게 되어서 현교 전파를 자신들의 사명으로 생각하는 그들이기에 홍패의 배려는 참으로 고마운 것이었다.

다음 날.

우겸은 떠나는 진평에게 병사 네 명을 붙여 주었다.

그들은 전서구 담당이었다.

진평이 정보를 얻는 즉시 받아 보고 싶었던 것이다.

설가영은 외숙모, 외숙부와의 이별이 못내 아쉬워 작별 인사를 여러 차례 거듭한 후에야 겨우 진평을 따라 나섰다.

진평 일행은 배를 타고 숭산으로 향했다.

무림맹은 복건을 떠나 소림사로 돌아와 있었다.

그런데, 분위기가 예전과는 많이 달랐다.

총소갑의 갑장 자리를 차지하느라 세가 중 일부가 빠져

나간 탓도 있고, 파사현정이라는 목표가 사라진 탓도 있었다.

마교 교주가 도망가다가 결국 숨을 거두었다는 소문이 퍼지면서 의욕과 사기가 모두 저하된 것이다.

그러나 진평이 돌아오면서 무림맹에는 새로운 긴장감이 감돌았다.

회의석상에서 진평의 애기가 끝나자 분위기는 곧바로 끓어올랐다.

마교 잔당이나 광적의 반란을 피부에 난 종기라고 본다면, 몽골이 다시 쳐들어온다는 것은 칼로 심장이나 목을 찌르는 것과 마찬가지였기 때문이다.

맹주 원각대사뿐만 아니라 이십팔수(二十八宿)에 속한 무림 명숙들 모두가 걱정하는 동시에 분개했다.

"환관 한 놈의 재물욕을 채워 주기 위해서 나라 전체가 피해를 본다는 게 말이나 되는 소립니까?"

여기저기서 쥐새끼 같은 도적놈 하나가 나라를 망친다며 온통 욕과 저주가 난무했다.

진평은 모두의 흥분이 가라앉기를 기다린 후 말했다.

"우리는 오랫동안 몽골의 침략 없이 지내 왔기에 그들의 힘이 어느 정도인지 정확히 알지 못합니다. 우리 무림맹이 앞장서서 밝혀낸다면 천하를 위해 큰 도움이 될 것입니다."

진평은 널리 퍼져 있는 무림 문파들의 참여를 유도하는 게 가장 효율적이라고 생각했다.

그의 기대대로 여기저기서 자원하는 문파가 나왔다.

다들 자신감이 넘쳤는데, 양이나 치는 새외(塞外)의 오랑캐들이 뭐 대단할 게 있겠느냐고 생각하는 것 같았다.

곤륜파 장문인 안덕생이 말했다.

"지금의 오이라트는 절대 경적할 수 없습니다."

원각대사가 그에게 청했다.

"장문인께서는 그들과 경계를 맞대고 있으니 잘 알고 계시겠군요. 저희에게 얘기를 좀 해 주십시오."

모두가 안덕생을 바라보았다.

그가 헛기침으로 목을 고른 후 얘기를 시작했다.

"몽골은 막북(漠北)으로 쫓겨 간 이후 어떻게든 중원 땅을 다시 빼앗으려고 기회를 엿보고 있습니다. 하지만 그게 쉽지는 않은 일이지요. 우선 그들이 타타르와 오이라트 두 부족으로 나뉘어 서로 싸운다는 게 가장 큰 문제였습니다. 하지만 얼마 전부터 타타르가 힘을 잃고 오이라트가 통일을 이루어가고 있습니다. 토곤이라는 자가 기틀을 닦았고, 지금은 토곤의 아들인 에센이 권력을 잡았는데, 그를 따르는 부족의 수가 수백만에 이릅니다."

원각대사가 물었다.

"수백만이라고 하셨습니까?"

"그렇습니다. 과장이 아닙니다."

원각대사는 이해할 수 없다는 표정으로 다시 물었다.

"장성 이북은 거칠고 척박하여 인구가 많지 않은 것으로 아는데, 에센은 도대체 무슨 수단을 썼기에 단시간에 그렇게 많은 사람을 자기 휘하에 둘 수 있었던 것입니까?"

"그들은 유목민입니다."

안덕생은 사람들의 반응을 살핀 후 부가설명을 했다.

"정해진 땅에서 농사를 짓는 중원 사람들 입장에선 이해하기 어렵겠지만, 그들은 네 땅 내 땅 가리지 않고 풀이 많은 곳이라면 대초원 어디든 자유롭게 돌아다닙니다. 그런 그들의 입장에서 볼 때 늑대나 호랑이 못지않게 무서운 대상이 바로 사람, 즉 다른 부족들입니다. 언제 강도로 돌변해서 자기네 양 떼를 빼앗고 살인을 할지 모르니까요."

"그렇기도 하겠군요."

"그래서 그들은 옛 지도자를 배신하고 세력이 강한 쪽에 붙는 것을 부끄럽게 여기지 않습니다. 오히려 생존에 필수적인 기술로 여깁니다. 타타르와 오이라트가 백중세일 때는 편이 갈려서 치열하게 싸우지만, 한쪽이 불리하다 싶으면 금세 기울어져 버립니다. 타타르 편에 섰던 부족들이 살아남기 위해 한꺼번에 오이라트 편으로 가기 때문입니다."

원각이 웃으며 말했다.

"타타르 편에 있던 부족 하나가 오이라트로 옮기면 전체 숫자로 비교할 때 둘이 차이 나는 셈 아닙니까?"

"그렇습니다. 그 소문을 들으면 다음 날엔 두 부족이 이탈해서 넷의 차이가 나고, 다음 날엔 네 부족이 이탈하여 여덟의 차이가 나게 되는 식이지요."

군웅들이 웅성거렸다.

중원의 관점에서 보면 좀 이해하기 어려운 면이 있지만, 정처 없이 초원을 찾아 떠도는 유목민이라면 생존을 위해 그럴 수도 있겠다는 생각이 들었다.

안덕생이 말했다.

"특출한 지도자가 없을 때, 그들은 사분오열되어 힘을 쓰지 못합니다. 하지만 강력한 지도자가 나온다면 중원 전체를 집어삼킬 정도의 거대한 힘을 가질 수도 있습니다."

군웅들의 표정이 굳었다.

이미 역사적으로 한 번 당한 적이 있는 일이었다.

원각대사가 물었다.

"에셴이란 자는 어떻습니까?"

"칭기즈 칸의 뒤를 이을 거라는 기대를 한 몸에 받고 있습니다. 이미 그의 세력은 서쪽으로 감숙성에서 출발하여 동쪽으로 요동까지 아우르고 있습니다."

사람들의 표정이 더욱 어두워졌다.

감숙에서 요동까지라면 중원의 북쪽 전체를 뒤덮는 광

대한 지역이었다. 조공이나 바치는 양치기 무리라고 얕볼
상황이 전혀 아닌 것이다.

진평이 모두에게 말했다.

"천하가 위난에 처했는데 무공을 익힌 몸으로 어찌 두
고 볼 수만 있겠습니까? 우리가 나서야 합니다."

개방 방주 이허충이 물었다.

"호림공은 어떤 고견을 가지고 계시오? 무림맹 인원으
로 군대를 조직하여 저들과 싸울 생각이시오?"

개방과 청성파, 점창파는 동창을 등에 업고 무림맹의 결
성을 이끈 바 있었다.

하지만 마교가 패퇴하자 동창은 그동안의 약속들을 모
두 저버렸고, 실 끊어진 연 신세가 된 세 방파는 무림맹 일
에 어느 때보다 열심히 참여하려고 애쓰는 중이었다.

진평이 대답했다.

"싸울 때가 되면 싸워야겠지만, 당장 필요한 것은 저들
의 병력 규모와 배치 상태입니다. 그것을 탐지한 후 병부에
최대한 빨리, 그리고 가능한 한 자세히 알리는 것이 우리
가 할 일입니다."

"좋소! 우리 개방의 거지들이 앞장서겠소!"

정보 수집이라면 일가견이 있는 개방이었다.

비럭질의 장소가 장성 이북으로 바뀐다고 해서 달라질
건 없었다.

개방뿐만 아니라 다른 문파의 수장들 얼굴에도 저마다 결연한 의지가 드러났다. 지금이야말로 나라를 위해 떨쳐 일어설 때라고 생각하는 것이었다.

특히 호림공이 이 일을 주도한다는 사실이 군웅들의 의지를 이끌어내는 데 큰 역할을 했다.

무림맹주는 원각대사지만, 현재 실질적으로 큰 방향을 정하고 앞장서서 이끄는 사람은 누가 뭐래도 진평이었다.

뇌전대를 만들어 지휘하고, 마교 교주를 쓰러트리고, 멀리 절강에까지 가서 관군과 협동작전을 이끌어내고, 복건에서는 총소갑의 갑장을 무림맹 군소 방파에 배정해 주었다.

거기에 더해 병부는 물론 친왕과도 교분이 있다는 소문이 나도는 상황이고 보니 사람들이 따르지 않을 수 없었다.

진평은 원각대사와 함께 각 문파의 배치를 논의했다.

각자 자기 문파에서 가까운 곳으로, 서로 겹치지 않도록 구역을 나누었고 수집한 정보는 무엇보다 우선해서 소림사로 올려 보내게끔 했다.

그것을 취합하여 진평을 따라온 병사들에게 건네주면 곧바로 전서구가 북경을 향해 날아가도록 틀을 정한 것이다.

그리고 진평은 정찰대를 구성했다.

오이라트의 상황을 두 눈으로 직접 보고 싶었던 것이다.

그는 이번 일에 기린맹을 부르지 않을 계획이었다.

그들에겐 따로 할 일이 있었다.

진감호의 위치 파악.

언젠가는 절강으로 돌아가서 자신의 손으로 반드시 해결해야만 할 문제였다.

진평과 설가영, 설가영을 그림자처럼 따라다니는 삼목객, 홍패, 구재원과 조병건으로 이루어진 여섯 명이 정찰대의 구성원이었다.

진평은 곤륜파의 숙소로 찾아가 안덕생에게 부탁했다.

"곤륜파 제자 중에 감숙성의 지리를 잘 아는 사람을 한 명 붙여 주십시오."

"그들의 근거지로 직접 들어갈 생각입니까?"

"예. 그래야 실상을 볼 수 있지 않겠습니까?"

"그렇다면 내가 안내하겠습니다."

"장문인께서 직접이요?"

"하하! 우리 곤륜파에서 오이라트에 대해 가장 많이 알고 있는 게 나니까 당연히 내가 나서야하지 않겠소?"

그렇게 하여 일곱 명으로 늘어난 일행은 황하를 건넌 후 산서성의 태원(太原)과 대동(大同)을 지나 장성을 넘었다.

장성 이북의 분위기는 황량하고 을씨년스러웠다.

단지 성벽 하나를 넘었을 뿐이지만 전혀 다른 세상으로 들어선 느낌이었다.

진평은 시장에 들러 일행 모두 몽골식 모자와 가죽옷으로 갈아입도록 하고 말도 여덟 필을 사서 한 마리씩 타고 가기로 했다.

말 타는 게 처음인 설가영을 비롯해서 몇몇이 적응에 힘겨워했지만 꼬박 하루가 지나자 일행 전체가 조금씩 속도를 낼 수 있게 되었다.

다만, 건량을 씹고 모닥불과 담요만으로 추운 밤을 보내는 것은 배를 타고 다닐 때와는 비교도 안 되게 불편했다.

이틀째 되는 날.

설가영이 진평 가까이로 말을 몰아와서 물었다.

"형님, 우리가 제대로 가는 것 맞나요?"

"곤륜파 장문인이 길을 안내하니까 맞겠지."

"그런데 그분은 뭘 근거로 몽골 부족이 수백만이라고 얘기한 거죠? 여기까지 오는 동안 마주친 사람의 수가 채 열 명도 안 되는 것 같은데……."

진평도 궁금했다.

배를 타고는 중원 구석구석 안 가 본 곳이 없는 진평이지만, 이렇게 장성을 넘어 사막으로 들어온 것은 이번이 처음이었다.

말로 듣던 것과는 너무도 다른 풍경이었고, 사방이 온통 황무지뿐인 환경에도 좀처럼 익숙해지지 않았다.

사흘째가 되는 날.

일행은 비로소 몽골의 천막인 파오(包)가 십여 개 모여 있는 작은 부족을 만날 수 있었다.

그들은 타타르도, 오이라트도 아닌 우량하이족(族)이었다.

우량하이는 명나라와 가까이 지내면서 목축뿐만 아니라 농사도 짓는, 몽골족 중에서는 특이한 부족이었다.

안덕생이 나서서 그들에게 말을 걸었다.

좋은 말을 사러 왔다고 하자 그들은 일행을 친절하게 맞아주었다. 그들이 내놓는 마유주를 마시며, 안덕생과 진평은 능숙한 장사꾼 행세를 했다.

말의 시세와 품종, 좋은 말 고르기가 얼마나 어려운지에 대한 얘기들을 쭉 늘어놓은 것이다.

그리고 거간 일을 잘해 주면 한밑천 두둑이 떼어 주겠다는 얘기도 슬쩍 흘렸다.

그러자 일행을 상대하는 사람이 바뀌었다.

족장 일가 중에서 한 명이 나선 것이다.

바야르는 풍채가 좋고 늘 웃는 얼굴을 지닌 사십 대 사내였는데, 기꺼이 안내인 역할을 자처했다.

진평은 그와 얘기를 나누면서 오이라트와 에센에 대한

질문을 슬그머니 끼워 넣어 보았다.

"에센은 어떤 사람입니까?"

"그는 영웅입니다!"

바야르는 단호한 어조로 말을 이었다.

"소문에 듣자 하니 명나라 황실이 그를 모욕한 모양인데, 아주 큰 실수를 한 겁니다. 그는 절대로 가만히 있지 않을 것입니다."

진평이 짐짓 모르는 체하며 다시 물었다.

"아무리 몽골의 영웅이라고 해도 장성을 넘는 것은 어렵지 않겠습니까?"

"하하하! 성이 아무리 높아도 에센이 한 번 하겠다고 하면 하는 겁니다. 아마 시체를 쌓아서라도 타고 넘을 겁니다. 만약 그러지 않는다면 누가 에센을 따르겠습니까?"

몽골족들이 강자 쪽에 붙기를 좋아한다는 얘기는 이미 들어서 알고 있었다.

그런데 막상 현지에 와서 당사자들의 입을 통해 들어 보니, 명나라에 보복하는 것은 성공 가능성과 이해득실을 따져서 가부를 결정할 문제가 아니라 오이라트의 힘을 유지하려면 반드시 해야만 하는 일이었다.

만약 모욕을 당하고도 복수하지 않으면 그를 따르던 부족들이 나약함을 비웃으며 대대적으로 이탈할 것이다.

진평은 한 번 더 왕진을 죽이지 못한 일을 한스럽게 생각했다.

바야르는 일행에게 파오를 하나 내주었고 고기와 술도 잔뜩 대접했다.

그리고 다음 날 곧바로 안내를 시작했다.

진평 일행끼리만 돌아다닐 때는 하루 온종일 사람 한 명 만나지 못할 때도 있었는데, 바야르가 길을 안내하자 곳곳에서 사람과 양 떼, 파오들을 볼 수 있었다.

한쪽에서 청년들 무리가 고함지르며 말 달리는 모습을 보며 진평이 바야르에게 물었다.

"저들은 누굽니까?"

"이번 전쟁에 나설 병사들입니다. 활쏘기 연습이라도 하려는 모양이군요."

진평은 말을 멈추고 그들의 움직임을 지켜보았다.

가죽 옷에 가죽 방패를 든 모습은 중원의 철기병에 비해 무척 허술해 보였다.

그러나 그들이 말을 달리며 활을 쏘기 시작하자 얘기가 달라졌다.

부대의 이동은 민첩했고, 화살은 정확하게 목표를 향했다.

복건에서 본 관군과 비교해 보면 차이가 명확했다.

무거운 철갑옷 대신 기동성을 택한 그들을 과연 막아낼 수 있을지 걱정이 되기 시작했다.

바야르가 진평에게 물었다.

"보시기에 어떻습니까?"

"대단하군요. 달리는 말 위에서 활을 쏘는 것만도 쉬운 일이 아닐 텐데 말입니다."

"하하! 우리는 본래 걸음마만 떼면 말을 탑니다. 양 떼를 늑대로부터 지키려면 활을 쏠 줄 알아야 하고요. 그러니 대여섯 살만 넘으면 바로 전쟁 기술을 익힌다고 볼 수 있지요."

진평 일행 입장에선 듣기 좋은 얘기가 아니었다.

진평은 파오들을 지나면서 한 가지 다른 사실도 깨달았다. 본래 군대가 움직이면 그들을 먹여 살릴 군량의 운반이 몹시 중요한 문제가 되기 마련이었다.

수천, 수만의 병사들이 하루에 먹어 치우는 곡식의 양은 엄청나서 그것이 불타거나 운송로가 끊기면 부대의 사기는 한순간에 무너지게 된다.

그런데 오이라트 부족들은 전쟁을 준비하면서도 군량 쌓아놓은 게 보이지 않았다.

그들의 식량은 살아서 움직이고 있었다.

바로 양 떼가 그것이었다.

파오를 걷고 이동하면 군막과 군량이 늘 군대와 함께 다니는 셈이었다.

유목민들의 독특한 방식이라고 할 수 있었다.

그것 역시 나중에 전쟁이 벌어진다면 염두에 두어야 할 사항이었다.

그렇게 오이라트 부족들 사이를 지나 북쪽으로 더 깊이 들어간 진평 일행은 산 하나를 넘으면서 광대한 평원을 만나게 되었다.

언덕 위에 올라서서 그 평원을 내려다보며, 일행 모두가 벌린 입을 다물지 못했다.

끝도 없이 펼쳐진 평원을 수만 개의 파오들이 뒤덮고 있었던 것이다.

흙먼지 뒤의 아득한 곳에까지 파오들이 있다고 보면 그 수를 대략적으로 세는 것조차 쉽지 않았다.

안덕생이 중얼거렸다.

"여기 다 모여 있었군."

그 소리를 듣고 바야르가 말했다.

"한두 달 뒤엔 아마 저보다 세 배는 많아질 겁니다. 이제 명령을 받고 다들 출발하는 중일 테니까요."

기가 막힐 노릇이었다.

진평은 바야르의 안내를 따라 오이라트 부족 사이로 들어갔다. 바야르는 말을 많이 가진 부족들을 찾아다니며 흥정을 시작했다. 그는 한참 동안 여러 사람들과 얘기를 나눈 후 진평에게 실정을 얘기했다.

"군마의 수요가 늘어나서 요즘 가격이 예전에 비해 많이 올랐답니다."

"아무리 비싸도 스무 필은 사야 합니다."

"그렇다면 제가 최대한 맞춰 보겠습니다."

그리고는 다시 흥정을 했다.

그런데 쓰는 말이 이전과 달랐다.

사투리와 장사꾼들 사이의 은어를 섞어서 빠르게 말하니까 안덕생도 잘 알아듣지 못했다.

진평은 몽골어를 모르지만 흥정할 때 사람의 표정 변화에 대해서는 훤히 들여다볼 수 있었다.

바야르는 말 값 자체보다는 자기가 중간에서 차지할 구전을 더 받으려고 애쓰는 것으로 보였다.

진평으로부터도 수수료를 받고, 말을 판 사람으로부터도 받아내려는 것이다.

그러나 상대는 오이라트족이었다.

명나라와 붙어 지내면서 물이 든 우량하이족과 달리, 그들은 밀고 당기는 흥정을 좋아하지 않았고 한 번 심기가 틀어진 후엔 말도 섞으려 하지 않았다.

바야르는 끈질기게 상대를 찾아다녔다.

진평은 그런 그에게 불만이 없었다.

그가 시간을 끌수록 오이라트족에 대해 더 많은 것들을 보고 들을 수 있었기 때문이다.

해질 무렵이 되어서야 바야르는 마음 맞는 흥정 상대를

찾았다. 광대뼈가 툭 튀어나오고 하관이 좁은 데다 눈이
쭉 찢어진 사내였는데 오래 얘기하지 않았음에도 불구하
고 만면에 미소를 머금으며 바로 거래를 수락했다.

냇가 쪽으로 한참을 내려가서 그가 내놓은 말들의 상태
를 확인한 진평은 바야르가 요구하는 돈을 건네주었다.

눈 찢어진 사내는 은자 꺼내는 주머니 안쪽을 기웃거린
후 사라졌고 바야르는 넘겨받은 스무 마리 말에 줄을 건
뒤 진평 일행에게 한 사람이 두세 마리씩 끌고 가도록 안
장에 묶어 주었다.

이제는 떠나야 할 시간이었다.

진평 입장에선 일단 오이라트의 대략적인 규모와 위치를
파악했다는 점에서 만족스러운 일정이었다.

이곳의 상황을 우겸에게 빨리 전하는 게 몹시 중요한
일이라고 생각되었다.

일행이 장성 쪽으로 말을 달린 지 얼마나 지났을까.

후방 초계를 맡은 구재원이 큰 소리로 말했다.

"숙부님! 누군가 쫓아오고 있습니다."

일행이 멈추어 뒤를 보니 오십여 기는 됨직한 기병들이
말을 달려오고 있었다.

바야르는 곧바로 상황을 파악했다.

"우리의 말과 돈을 빼앗으려는 강도들입니다! 당장 말
들을 풀어 놓고 달아나야 합니다. 그러면 더 이상은 우리

를 쫓아오지 않을 것입니다."

그러나 진평은 고개를 가로저었다.

"돈 주고 산 말을 왜 버리고 간단 말입니까?"

"말이 목숨보다 중요합니까?"

바야르는 더 이상 시간을 지체할 수 없다는 듯 혼자서 말을 달려 남쪽으로 달아나 버렸다.

설가영이 혀를 찼다.

"참 훌륭한 길잡이네요."

안덕생이 아무래도 상관없다는 투로 말했다.

"길은 모두 외워 두었으니까 상관없습니다."

"그래도 돈을 절반만 줄 걸 그랬어요. 장성까지 무사히 도착한 뒤에 잔금을 주고."

두 사람이 그렇게 한가한 대화를 나누는 사이 몽골 기병들이 주변을 에워쌌다.

진평 일행은 많은 수의 적에 둘러싸였지만 다들 여유 있는 표정이었다.

바야르와 달리 그들은 무림고수들인 것이다.

기병들은 말을 가리키며 큰 소리로 떠들어댔다.

안덕생이 고개를 갸웃거리며 잘 못 알아듣자 한 사람이 앞으로 나서서 한어로 말했다.

"이것들은 우리 군마다! 감히 우리 말을 훔치고 무사히 빠져나갈 수 있을 줄 알았느냐!"

안덕생이 나서서 대거리했다.

"무슨 소리냐? 우린 이 말들을 돈 주고 샀다."

"어림없는 소리! 누가 군마를 판단 말이냐!"

정색을 하며 큰소리치는 걸 보니 정말 군마인 듯했다. 진평은 눈 찢어진 사내가 남의 말을 팔아먹었음을 짐작했다.

"우리는 모르고 샀다. 도둑은 따로 있으니 함께 가서 찾아보자. 얼굴을 기억하고 있다."

그러나 몽골 기병들은 그럴 생각이 없는 듯했다.

"한인들이 이곳에 무엇 하러 왔느냐?"

"보면 모르는가? 말을 사러 왔다."

"말 장사치고는 행색이 수상하다. 무기를 버리고 말에서 내려 짐을 모두 풀어 보아라."

그러자 한어를 할 줄 아는 다른 기병 한 명이 약간 서툰 억양으로 끼어들었다.

"명나라의 첩자가 분명해!"

진평은 앞뒤 사정을 추측할 수 있었다.

말을 팔아먹은 자가 돈주머니에 대해 귀띔을 한 게 분명했다.

병사들은 말뿐만 아니라 돈까지 빼앗으려는 것이다.

안덕생도 그런 짐작을 하고 곧바로 항의했다.

"왜 엉뚱한 누명을 씌우려 하는가? 혹시 말을 판 자와 너희가 한통속 아닌가?"

그러자 기병은 화를 냈다.

"우릴 모욕하다니! 용서할 수 없다!"

그가 허리에 차고 있던 칼을 뽑아 들자 다른 기병들도 일제히 무기를 뽑았다.

그러나 상황은 그들의 뜻대로 전개되지 않았다.

진평 일행이 일제히 몸을 날린 것이다.

일곱 방향에서 경쟁하듯 둔탁한 파열음과 신음, 비명이 터져 나왔다.

몽골 기병이 강하다고는 해도 상대는 무림고수.

병사들은 칼을 휘두르거나 화살을 재기도 전에 모조리 점혈을 당해 말에서 떨어졌다.

그야말로 해보나 마나 한 싸움이었던 것이다.

진평은 그들 중 한어를 할 줄 알던 두 명을 말 등에 얹고 밧줄로 묶었다.

포로로 데려가서 심문할 작정이었다.

그렇게 전리품을 얻고 말을 달린 지 다시 얼마나 지났을까.

또 다른 한 무리가 쫓아오는 게 보였다.

설가영이 고개를 내저으며 말했다.

"몽골군은 정말 끈질기네요."

진평은 모두에게 속도를 내도록 했다.

그들을 떨쳐 버리려 한 것이다.

그러나 간격은 좀처럼 벌어지지 않았다. 이쪽 일행 중에 기마술에 서툰 사람이 여럿 있었기 때문이다.

진평은 말을 세웠다.

굳이 계속 등을 필요가 없다고 생각한 것이다.

일행은 진평의 좌우로 늘어서서 다가오는 적을 맞았다.

이번에 쫓아온 자들은 십여 명에 불과했다.

그런데 옷차림이며 내뿜는 기도가 심상치 않았다.

무공을 익힌 자들이 분명했다.

진평 일행과 마주 선 그들 중에서 금귀걸이와 코걸이를 요란스럽게 달고 표범 가죽 외투를 입은 자가 나서서 말했다.

"감히 여기까지 들어와서 에센의 병사를 해치고 도망치다니. 한인치고는 참으로 대담한 놈들이로구나."

억양이 특이했다.

진평이 물었다.

"너희는 누구냐? 원래부터 에센의 개는 아닌 걸로 보이는데?"

"개?"

표범 가죽 옷의 사내는 어이가 없는지 고개를 젖히며 큰 소리로 웃은 뒤 말했다.

"사람을 알아보지 못하는 그따위 눈을 어디다 쓰겠느

냐. 내가 곧 도려내 주마. 흐흐흐……. 더불어 버르장머리 없이 지껄인 그 주둥이도."

얼굴에 온통 문신을 새긴 사내가 나섰다.

"귓구멍을 열고 잘 들어라. 여기 계신 형님은 관외대협(關外大俠)이라는 별호로 구주팔황에 명성이 자자하신 임중기(林仲奇) 형님이시고, 난 대막수(大漠手)라는 별호를 가진 두(杜) 어르신이다."

안덕생이 코웃음을 쳤다.

익히 들어온 자들이었던 것이다.

진평은 짐짓 놀라는 척했다.

"새외의 고수들이 모두 모였구나!"

"하하하……! 그렇다고 할 수 있지. 왜? 겁이 나느냐? 하지만 후회해도 이미 늦었다. 우리는 너희를 사로잡거나 죽이거나에 상관없이 상금을 받을 것이니, 목숨을 부지하고 싶다면 곱게 말에서 내려라."

진평이 물었다.

"혹시 귀영객이나 풍뢰노조도 가담했는가?"

"새외쌍마 말이냐? 그 어르신들도 진즉에 우리 편에 서셨지. 에센은 고수를 귀하게 대접하시거든."

"에센의 진영에 합류한 무림인의 수가 얼마나 되지?"

표범 가죽옷을 입은 사내, 임중기가 코웃음을 쳤다.

"흥! 그런 것들은 알아서 뭘 하려고?"

"숨길 일도 아니지 않느냐? 오랑캐 편에 선 게 부끄럽기라도 한 거냐?"

"오랑캐? 흐흐흐……. 그거야 너희 얘기지. 사막에서 나고 자란 우리는 중원의 한인 전부를 노예로 부리던 시절을 똑똑히 기억하고 있다. 너희야말로 천하고 비루한 노예 족속이지. 하하하……!"

그의 동료들도 따라 웃었다.

진평은 집요하게 물고 늘어졌다.

"새외와 막북의 무림인이 전부 다 모였다고 해 봤자 백 명이나 될까? 잘하면 백오십 명?"

"흐흐흐……. 우리를 우습게보지 마라. 지난번에 중원에선 무림맹이 결성되었다고 하더구나. 기껏해야 몇천 명 모였겠지. 우리가 새외무림대회를 열면 그보다 많으면 많았지 결코 적지는 않을 것이다."

그러자 임중기의 동료들이 한마디씩 했다.

"말 나온 김에 무림대회 한번 합시다!"

"에센이 기꺼이 비용을 댈 겁니다."

"우리도 무림맹주를 선출합시다!"

다들 신이 나서 떠들어댔다.

진평은 나직이 한숨을 내쉬었다.

침략 의지는 오이라트만 가진 게 아니었다.

새외의 무림인들 역시 중원무림 정복이라는 꿈을 이루기

위해 하나로 뭉치고 있었던 것이다.

임중기가 손을 내저어 동료들을 진정시킨 후 말했다.

"무림대회는 나중에 천천히 얘기해 보기로 하고, 우선 이 놈들부터 처리하자고."

그의 동료들은 일제히 무기를 뽑아 들었다.

진평 쪽 역시 마찬가지였다.

그런데 진평이 손을 내저으며 앞으로 나섰다.

그리고 안덕생에게 양해를 구했다.

"이번 일은 저 혼자 하게 해 주십시오."

안덕생은 선선히 응했다.

"그렇게 하십시오."

그 말에 다른 일행들도 무기를 도로 넣었다.

진평이 나선 것은 새외무림인들의 실력이 어느 정도인지 시험해 보고 싶어서였다.

임중기와 동료들은 그런 진평을 비웃었다.

"이제 보니 실성한 놈이로구나. 혼자서 우리 모두와 싸우겠다고? 하하하……! 제정신이냐?"

진평은 더 길게 얘기할 것 없이 안장에 꽂혀 있던 몽골식 만도를 뽑아 들었다.

그리고 등자에서 발을 뽑아 안장을 밟은 후 곧바로 임중기를 향해 몸을 날렸다.

임중기의 대응은 민첩했다.

그는 육중한 철편을 휘둘러 진평의 칼을 막았고, 동료들이 일제히 진평을 에워쌌다.

모든 방위를 차단당한 진평은 일견 위태로워 보였다.

그러나 그의 표정엔 여유가 있었다.

그들의 공격을 받아내고, 때론 위협적인 반격으로 상대의 실력을 드러내게도 하면서 수십 초식을 겨루었다.

그리고 진평은 평가를 마쳤다.

그의 표정은 밝지 않았다.

상대의 무공이 예상보다 강했기 때문이다.

무림맹과 같은 수로 대결을 벌인다면 결코 무림맹 쪽이 우세하다고 할 수 없을 정도였다.

사막의 거친 환경이 더 높은 수준의 생존 능력을 요구하기 때문일 수도 있고, 원래 성정이 잔인하고 손속이 독랄하기 때문에 새외로 추방당한 것일 수도 있었다.

분명한 것은 그들의 가세가 오이라트에게 큰 득이 될 거라는 사실이었다.

임중기가 짜증 섞인 어조로 동료들을 독려했다.

"좀 더 힘을 써라! 고작 한 놈을 쓰러트리지 못해서야 어찌 에센 앞에서 고개를 들 수 있겠느냐?"

조금만 더 압박하면 이길 수 있다고 생각하는 것이었다.

진평이 냉소를 지었다.

"이제 끝내도록 하지."

그의 움직임이 변했다.

번갈아 떨어지는 십여 자루의 무기들 사이를 유유히 빠져나가는가 싶더니 어깨로 그들이 탄 말에 차례로 부딪혔다.

쿵! 소리와 함께 말은 한두 걸음 뒤로 밀려났는데, 그 위에 탄 사람은 비명을 지르며 안장에서 튕겨 나갔다.

말을 사이에 두고 사람을 날려 버리는 이런 수법은 진평의 일행조차 탄성을 토할 정도로 고명한 것이었다.

깨달음 이후 무학의 심오한 경지로 더 깊이 들어선 진평은 마교 교주 동악율과의 대결을 기점으로 경(勁)을 자유자재로 쓸 수 있게 되었다. 의지가 이르는 곳으로 경이 흘러감에 있어 아무런 막힘도 없었던 것이다.

잠깐 사이에 모두 패대기쳐진 임중기 패거리는 저마다 허리를 움켜쥐며 버둥거릴 뿐 쉽게 일어서지 못했다.

진평이 그들에게 말했다.

"공연히 전쟁이 끼어들지 말고 조용한 곳을 찾아가 석 달 정도 운공요상을 해라. 안 그러면 혈맥 중 몇 곳이 영원히 막힐 것이다."

임중기 패거리는 비로소 진평이 무시무시한 고수라는 사실을 알아차렸다.

직접 손을 댄 것도 아닌데 사람을 날려 버리고 암경으로 맥을 막아 버렸으니, 만약 그가 마음만 먹었다면 자신들은 진즉에 시체가 되었을 것이었다.

"구명지은에 감사합니다."

임중기가 즉시 머리를 조아렸다. 험한 곳에 살아서 그런
지 살아날 길을 찾는 데 민첩한 모습이었다.

말에 올라탄 진평은 그들을 버려 두고 장성으로 향했
다.

제3장
요아령 전투

우겸은 긴 한숨을 내쉬었다.

그의 손에는 진평이 보낸 장문의 서찰이 들려 있었다.

오이라트의 힘이 대단하다는 사실은 알고 있었지만 직접 적진에 들어가 자세히 살펴본 내용은 또 달랐다.

병사의 수뿐만 아니라 그들이 어떻게 조직되고, 어떤 식의 훈련을 하는지에 대한 얘기들이 자세히 기록되어 있었다.

우겸의 근심을 깊게 하는 것은 오이라트가 특정 경로를 노리는 게 아니라는 점이었다.

무림맹을 통해 수집된 또 다른 정보들에 의하면, 그들 병력은 감숙에서 요동까지 거의 전 지역에서 발견되고 있었다.

그 길고 긴 장성 중 어디라도 공격이 가능하다는 의미로 해석할 수 있었는데, 그만큼 병력과 전투력 모두에 자신이 있다는 뜻이었다.

우겸은 병부의 장수들을 모아 의논한 후 병부상서 광야와 함께 조례에 나가 황제에게 아뢰었다.

"폐하, 북적(北狄)의 움직임이 심상치 않사옵니다."

그리고 그동안 진평과 무림맹이 수집한 정보들을 정리하여 낱낱이 고하였다.

조정 대신들은 술렁거렸고 황제는 겁에 질렸다.

"이를 어찌한단 말이오? 경의 생각을 말해 보시오."

"우선 장성 근처의 지방관들에게 방비를 철저히 하도록 한 뒤, 사신을 보내어 그들을 달래야 합니다. 그것만이 불필요한 전쟁을 막는 최선의 방책이옵니다."

대신들 모두 우겸의 의견에 동조했다.

그러나 황제는 선뜻 결정을 내리지 못했다.

스물한 살이면 사리분별을 할 나이지만, 그동안 모든 일을 왕진이 알아서 처리해 주다 보니 이런 국가 대사에 자신의 의견을 주장할 수가 없었던 것이다.

"좀 더 숙의해 보고 내일 결정하도록 하겠소."

서둘러 조례를 마친 황제는 급히 왕진을 불렀다.

왕진은 환관이라 조례에 참석하지 못하지만 이미 그 안

에서 무슨 얘기들이 오고 갔는지 전부 다 알고 있었다.

"선생님, 어찌하면 좋겠습니까?"

주변에 내관들만 있을 때는 황제가 왕진을 부를 때 어릴 적 쓰던 호칭을 그대로 사용했다.

"너무 걱정하지 마십시오, 폐하."

그러나 그 목소리엔 자신감이 부족했다.

그 역시 우겸이 올린 상소를 훑어보고 오이라트의 전력이 상상을 초월한다는 사실을 알게 된 것이다.

처음엔 병부에서 자신을 견제하기 위해서 벌이는 짓이라고 생각했다. 그러나 보고서의 내용은 꾸며냈다고 보기에는 너무나 상세했다.

사실이 그렇다면 지금은 국가의 존망이 걸린 위기 상황이라고 할 수 있었다.

황제가 거듭 물었다.

"오이라트가 쳐들어오면 어떻게 합니까?"

"당연히 물리쳐야지요."

왕진은 주먹까지 불끈 쥐어 보이며 말을 이었다.

"폐하께서 장수를 임명하고 군사를 키우는 것은 다 지금 같은 때 써먹기 위함입니다. 헌데, 화친이라니. 그게 말이나 되는 소립니까? 제가 보기엔 병부시랑이 겁을 먹고 자기 본분을 망각하는 게 분명합니다."

황제는 왕진의 말이 그럴듯하다 생각했다.

군대의 임무는 전쟁이 발발했을 때 나가서 목숨 걸고 싸우는 것 아니겠는가.

그러나 오이라트의 위협을 무시할 수도 없는지라 조심스럽게 물었다.

"선생님은 그들을 물리칠 묘책이라도 가지고 계십니까?"

왕진은 당당한 어조로 말했다.

"당연하지요. 그들이 오면 제가 직접 군대를 이끌고 나가서 본때를 보여 줄 생각입니다."

"선생께서 직접 가신다고요?"

"그렇습니다. 놈들을 모조리 박살내서 두 번 다시 장성 넘을 생각을 못 하도록 해주겠습니다."

왕진은 지난 지화사에서의 습격 이후에 자신의 안전에 무엇보다도 신경을 쓰고 있었다.

제법 솜씨가 있는 불회곡 고수의 수가 절반 이하로 줄어든 지금, 아예 군대를 손에 틀어쥐면 보탬이 되지 않을까 하는 게 그의 생각이었다.

황제는 손뼉까지 치며 기뻐했다.

"그래주신다니 제 마음이 놓입니다."

환관이 군대를 지휘하는 것은 법도에도 맞지 않을뿐더러 현실적으로 잘될 리도 없는 일이었다.

그러나 황제는 왕진을 믿었다.

이제까지 그가 해결하겠다고 나서서 못 이룬 일이 없었기 때문에 이번에도 위기를 무사히 넘겨줄 거라 기대하는 것이었다.

왕진은 머리가 좋은 사람이었다.

오이라트가 상소에 적힌 만큼 위협적이라면 우겸의 말대로 화친을 추진하는 게 현명한 선택이었다.

하지만 에센에게 사신을 보낸다는 것은 지난 잘못을 사과하고 그의 자존심을 세워 줄 만큼의 돈을 지불해야 한다는 것을 의미했다.

그런 일이 벌어지면 세인들은 지난번에 말 값을 제대로 치르지 않은 자신을 어리석었다고 비웃을 게 분명했다.

그것은 권위의 실추를 가져오고, 사람들이 자신을 덜 두려워하게 되면 수입의 감소로 이어질 가능성이 컸다.

왕진으로선 참을 수 없는 일이었다.

또한 에센에게 줄 돈도 아까웠다.

나랏돈을 자기 돈이라고 생각할 지경에 이른 그이기에 차라리 백성들을 전쟁터로 내몰아 화살받이로 만들지언정, 금고를 열 마음은 없었다.

*　　　*　　　*

추위가 물러가고 날이 따듯해지자 우려가 현실로 드러

났다. 오이라트가 움직이기 시작한 것이다.

아직 본격적인 침공은 아니었지만 장성을 향한 병력 이동이 도처에서 보고되었다.

우겸은 화친 주장을 접고 군대 훈련에 집중했다.

기회가 있었지만 결국 때를 놓쳤으니 이제 남은 것은 전쟁밖에 없었다.

참으로 기가 막힐 노릇이었다.

그런데 끔찍한 상황은 거기에서 끝나지 않았다.

사례감에서 한 무더기의 환관들이 몰려와서는 병적과 문서와 인(印)들을 모조리 챙겨가지고 갔다.

왕진이 군대를 지휘하겠다는 것이었다.

우겸은 병부상서와 함께 입조하여 불가함을 거듭 아뢰었지만 어리석은 황제는 오로지 왕진의 말만 들을 뿐이었다.

다급하게 된 우겸은 평소 왕진과 좋은 관계를 유지하고 있던 문관들을 찾아가 정황을 설명하고 그들을 통해 왕진을 설득하려 했다.

마순, 곽경, 진관, 당동 등은 평소 왕진의 시종이라고 해도 좋을 만큼 아첨을 일삼는 무리였다.

우겸은 그들과 대면하기조차 싫었지만 나라를 위해 참을 수밖에 없었다.

그들 네 명도 평소 같았으면 왕진을 거스르는 얘기를

절대 하지 않았지만, 그가 군대를 지휘하는 일만큼은 아니라고 생각해서 함께 찾아가 간곡하게 불가함을 고했다.

그러나 왕진은 고집을 굽히지 않았다.

그리고 기어이 군령을 발했다.

왕진의 지휘 하에 들어가게 된 장수들은 장군부로 찾아와 울분을 토했다.

사내도 아닌 환관의 명에 따라야 한다는 자존심 문제는 차치하고라도, 당장 군대 지휘 경험이 전무한 사람에게 목숨을 맡기기가 너무나 불안했던 것이다.

우겸은 그들을 달래어 보낼 수밖에 없었다.

무관의 본분은 나라를 지키는 것이니, 왕진이 아무리 미워도 그 본분을 잊어서는 안 된다는 게 우겸의 생각이었다.

왕진은 병권을 쥐게 되자 가만히 있지를 못했다.

훈련을 핑계로 장수들을 소집하고 그들에게 뒷돈을 챙기기 시작했다.

어떤 권력이건 손에 쥐면 그것을 자기 치부의 수단으로 삼는 놀라운 능력을 발휘한 것이다.

장군부에 드나드는 장수들은 왕진의 그런 행동에 치를 떨었다. 그러나 실제로 각 자리마다 가격이 정해져서 팔려 나갔다. 특히 병사들에게 주어지는 군량을 착복하기에 좋은 치중 담당관 자리는 부르는 게 값이었다.

그 과정에 품계의 서열까지 위협받기에 이르렀지만 왕진의 한마디면 안 되는 일이 없었다.

오이라트는 여름이 되자 곧바로 장성을 넘기 시작했다.

진평과 우겸의 우려를 뛰어넘는 대대적인 규모였다.

서로 감숙에서 동으로 요동까지, 장성의 모든 관문에서 급보가 올라오자 조정은 시끄러워졌다.

계속해서 올라오는 소식 중에 좋은 것은 하나도 없었다.

참장이 전사하고, 서녕후가 전사하고, 무진백이 전사하고, 모두 죽은 얘기들뿐이었다.

살아남은 장수는 적을 물리쳐서가 아니라 도망쳐서 겨우 목숨을 구한 것이었다.

그야말로 북쪽 장성 전체가 한꺼번에 무너지는 형국이라 조정 대신들뿐만 아니라 백성들 모두가 두려움에 떨지 않을 수 없었다.

왕진은 황제에게 친정을 주청했다.

"폐하께서 친히 나서시면 군사들의 사기는 하늘을 찌를 것이고, 반대로 오랑캐들은 벌벌 떨 것입니다."

황제는 속으로 두려웠지만 왕진이 곁에 있어 준다면 큰 문제는 없을 거라고 스스로 위안했다.

그리고 젊은 혈기도 어느 정도 작용해서 그 청을 수락했다.

병부상서 광야와 우겸, 그리고 조정 대신들은 너무 위험하다고 만류했지만 황제는 듣지 않았다.

왕진에게는 계획이 있었다.

가능한 모든 병력과 관리들을 총동원하는 것이었다.

자기 혼자뿐이라면 대신들이 핑계를 대고 말을 듣지 않을 수도 있지만, 황제가 친히 나서는데 누가 감히 종군을 거부하겠는가.

결국 북경성을 나서는 병력의 규모는 무려 오십만을 헤아리게 되었다.

병부는 물론이고 일정 직급 이상의 문무 관원들이 전부 사병(私兵)을 거느리고 따라나서다 보니 그런 대군이 만들어진 것이다. 다만, 모두가 병영에서 훈련을 받은 것은 아니라서 전송 나온 백성들 눈에는 출정하는 군대라기보다는 천도(遷都)행렬처럼 보였다.

대병력을 거느리게 된 왕진은 기세가 등등했다.

그는 선두로 나아가 채찍을 휘둘러 기병들을 종횡으로 움직이는 시범을 보임으로써 황제를 기쁘게 하는 동시에 자신의 위세를 뽐내기도 했다.

성문 위 누각에 올라 그 광경을 바라보는 우겸은 그저 한숨만 내쉴 뿐이었다.

왕진은 황제와 문무백관들이 모두 출정 나간 북경성을

지키기 위해 산동에 사람을 보내어 성왕을 불러와 유수(留守)로 삼았다. 만약의 사태에 대비하여 황제 다음 가는 직위의 황족을 경사에 남겨 두도록 정해진 법에 따른 것이다.

또한 우겸으로 하여금 그를 돕도록 했다.

병부상서가 황제의 친정에 따라가니 그다음 직급인 병수시랑이 경사를 지키는 게 당연한 일이라고 볼 수도 있지만 사실 출정의 적임자는 우겸이었다.

병부상서 광야는 나이가 들어 중책을 감당하기 어렵다고 이미 여러 차례 사의를 표한 바 있었던 것이다.

그러나 왕진 입장에선 무장들 사이에 인망이 두터운 우겸을 데려가고 싶지 않았다.

자신이 돋보일 기회를 놓칠 거라 생각한 것이다.

또한 장수들이 우겸을 중심으로 뭉치는 상황도 미연에 방지하기 위함이었다.

그렇게 성왕과 우겸에게 경사를 맡겨 두고 출정한 왕진의 군대는 백오십 리를 행군하여 거용관(居庸館)에 도착했다.

그사이 군대가 지나간 자리엔 피해가 속출했다.

애당초 행군 훈련조차 제대로 받지 않은 부대가 많다 보니 한창 곡식이 무르익어야 할 논밭이 온통 짓밟혔던 것이다.

몇몇 관리들이 간하였지만 왕진은 그들의 말을 듣지 않았다. 대군의 위세를 한껏 드러내는 게 경작지 보전보다 중요하다고 생각한 것이다.

오히려 왕진은 화를 했다.

"저놈들을 끌어내어 태형에 처하라! 군의 사기를 떨어트릴 음모를 획책했으니, 필경 적과 내통했을 것이다."

바른말을 하다가 태형당하는 모습을 보고, 이후 다른 관리들은 왕진이 하는 일에 일절 간여하지 않게 되었다.

왕진은 그 사실에 몹시 흡족해했다.

그러나 그의 비위를 거스르는 일이 또다시 발생했다.

병부상서 광야와 호부상서 왕좌(王佐)가 함께 황제에게 주청한 것이다.

"폐하, 거용관까지 오셨으면 친정의 명분은 충분히 섰습니다. 날은 덥고 오랑캐는 흉악하니, 여기서부터는 군의 지휘를 병부에 맡기십시오."

황제는 그 말에 솔깃했다.

그러나 왕진이 길길이 날뛰었다.

"아직 적을 향해 화살 한 대 쏘지 않았는데, 진군을 멈추라는 게 말이나 되는 소리입니까? 폐하! 당장 저들을 끌어내어 참하시옵소서."

정이품 상서를 참하라는 말에 다들 깜짝 놀랐다.

황제 역시 당황했다.

"그것은 너무 심하지 않소?"

"아니옵니다. 병부와 호부의 수장이라는 자들이 군대의 사기를 꺾는 발언을 하고 있는데 어찌 그냥 두고 보실 수 있단 말입니까?"

"허어…… 그것참."

황제가 망설이자 대신들이 일제히 나서서 간하여 참형은 면하게 되었지만, 광야와 왕좌 두 대신은 벌판에 나아가 온종일 무릎 꿇고 앉아 있어야 하는 치욕적인 벌을 받았다.

분개한 무장들은 병부상서를 구해내려 했지만 당사자인 광야가 거부했다. 지금 당장은 오랑캐를 막아내는 게 더 급하다는 이유에서였다.

상서 벼슬을 하는 고관들까지 멋대로 휘두르게 된 왕진은 세상에 무서울 게 없었다. 그는 호호탕탕 군대를 진군시켜 대동(大同)에까지 이르렀다.

대동은 장성과 지척지간이라 언제라도 오이라트와의 접전이 벌어질 수 있는 곳이었다.

실제로 정찰하는 몽골 기병들이 자주 눈에 띄었다.

명나라 기병은 그들을 잡기 위해 활을 쏘며 쫓아갔지만, 그들의 기마술을 당해낼 수 없었다.

왕진은 그들을 내버려 두라고 했다.

"이제 우리 군의 성세를 보았으니 저들은 겁먹고 달아나기 바쁠 것이다."

그러나 그의 기대와 달리 몽골 정찰병의 수는 계속해서 늘어나기만 했다.

그날 밤, 왕진의 처소로 한 사람이 찾아왔다.

바로 감군(監軍)으로 파견되어 이제까지 대동성에 머무르던 환관 곽경(郭敬)이었다.

그는 왕진이 동창의 장인태감 두용 다음으로 총애하는 환관으로, 두용이 주로 경사 안의 일을 맡는다면 곽경은 여러 지방을 돌아다니며 뇌물 걷어오는 일을 맡고 있었다.

"공공(公公)님을 뵙습니다."

친근한 호칭이었다.

그를 대하는 왕진의 표정도 다정했다.

"그래. 그동안 고생이 많았지?"

"저야 공공님의 은혜에 보답하기 위해 뼈를 부수고 간과 뇌를 땅에 바른다고 해도 상관없지만, 공공님은 이 위험한 곳에 어쩌자고 직접 오셨습니까?"

"하하하! 예전에 영락제께서 여러 차례 친정을 하신 적이 있었지. 그때마다 오랑캐들은 도망치기에 바빴네. 아무도 덤벼들지 못했지."

곽경의 표정이 심각하게 변했다.

"공공님, 즉각 철군하셔야 합니다."

"그게 무슨 소리인가?"

곽경은 자신이 대동에 머무르면서 직접 참전한 전투들에 대해 상세히 보고했다. 오이라트는 절대로 이길 수 없다는 게 골자였다.

　왕진은 도무지 믿어지지 않았다.

　"그렇게 강하단 말인가?"

　"지금은 오이라트의 에센이 부족을 통일했기 때문에 옛날 영락제 때와 비교하면 힘이 열 배 차이라고 보셔야 합니다."

　왕진의 안색이 흙빛이 되었다.

　우겸을 비롯한 대신들이 그토록 간했어도 계속 코웃음을 쳤지만, 자신의 심복이 경험을 토대로 간하자 갑자기 공포감에 휩싸이게 된 것이다.

　"황상을 보아도 도망치지 않을 거란 말이지?"

　"옛날의 오랑캐가 아닙니다."

　결국 왕진은 곽경의 말을 듣기로 했다.

　그는 다음 날 황제에게 아뢰었다.

　"폐하께서 친정하신 덕분에 오랑캐들은 모두 숨거나 도망쳤사옵니다. 경하드리옵니다."

　그러면서 먼저 만세를 부르니 다른 문무관원들도 따라서 만세를 외칠 수밖에 없었다.

　황제는 마냥 좋아서 만면에 웃음이 가득했다.

　왕진이 이어서 아뢰었다.

"경사를 오래 비워 두는 것은 좋지 않으니 곧바로 철군하는 것이 좋을 듯합니다."

"그리합시다."

황제는 반가워했다.

그건 다른 대신들도 마찬가지였다.

공연히 대군을 이끌고 나와 허다한 군량을 낭비하고 농지를 짓밟기만 했을 뿐 싸움은 단 한 차례도 하지 않았지만, 어쨌거나 이쯤에서 목숨을 보전하여 돌아가면 적당히 승전고를 울릴 수도 있었다.

왕진은 곧바로 퇴각로를 정했다.

그가 선택한 길은 울현을 거쳐서 자형관을 통해 경사로 돌아가는 것이었는데, 울현은 바로 그의 고향이었다.

으리으리한 황제의 행차와 함께 자기 고향을 지나가면서 으스대고 싶었던 것이다.

군대는 즉시 출발했다.

오십만이 움직이는 것은 이만저만 번잡한 일이 아니었다. 그래도 출정 나올 때보다는 다들 움직임이 빨랐다.

왕진은 중군이 되어 황제의 어가를 호위하며 뒤늦게 출발했는데, 앞서 간 부대의 흔적이 길에 고스란히 남아 있었다.

이튿날, 왕진은 급한 전갈을 선봉 부대에 전했다.

하루 만에 퇴각로를 하북성 선부현으로 바꾼 것이다.

처음엔 고향을 지나며 자랑하고 싶은 마음에 울현으로 정했지만, 병사들이 지나가면서 논밭을 온통 황폐화시키는 것을 보고 자기가 지나간 뒤에 고향 사람들이 욕할 거라는 사실을 알아차린 것이다.

고향의 논밭은 지켜 주겠다는 마음에 경로를 바꾸었지만, 한 번 움직인 대군이 온 길을 거슬러 가야 한다는 것은 낭비가 극심했다.

병부상서 광야가 황제를 찾아가 말했다.

"이왕 여기까지 왔으니 황상께서는 먼저 이 길로 자형관을 지나 입궁하시옵소서. 저희는 후미를 굳건히 지키다가 길을 돌아서 가겠습니다."

이치에 합당한 말이었다.

황제의 어가만 지나간다면 왕진이 걱정하는 피해도 그리 크지 않을 것이었다.

그러나 일단 고향 사람들에게 욕먹기 싫다고 마음을 굳힌 왕진은 울현 쪽으로 단 한 명의 병사도 보내지 않을 작정이었다. 그리고 황제와 함께 나왔다가 따로 떨어져서 돌아가는 것은 자기 위신을 손상시키는 일이라고 생각했다.

"네놈 따위가 무슨 자격으로 병사(兵事)를 논하느냐? 당장 물러가라! 또다시 이 일을 거론하는 자가 있으면 참하겠다!"

병부상서에게 그런 식으로 말할 수 있는 사람은 왕진이 유일했다.

황제는 그걸 보고도 그저 고개를 끄덕일 뿐이었다.

환관의 권세라는 것이 모두 다 황제에게서 나오는 것인데, 황제가 우둔하고 무른 사람이다 보니 왕진이 그렇게까지 마음대로 휘저을 수 있는 것이었다.

그 이후로 누구도 퇴각로 변경에 대해 말하지 않았다.

그러나 울현은 하남성이고 선부현은 하북성이었다.

선부현은 장성과 아주 가까웠다.

마침 그때, 오이라트의 수장 에센은 자신의 결정을 후회하고 있는 중이었다.

황제가 친정했고, 병력은 오십만에 달한다는 보고를 받고 신중하게 대회전을 준비하는 중이었는데 명군이 갑자기 태도를 바꾸어 달아나 버리는 바람에 좋은 기회를 놓친 것이다.

그런데 믿기 어려운 첩보가 들어왔다.

명군이 다시 북쪽으로 올라온다는 내용이었다.

에센은 즉시 움직일 수 있는 모든 병력을 동원했다.

그는 같은 실수를 두 번 하는 사람이 아니었다.

이번엔 절대로 놓치지 않을 작정이었다.

쉬지 않고 말을 달린 그들은 결국 요아령에 이르러 느리게 움직이는 오십만 대군의 후미를 따라잡을 수 있었다.

명군은 갑자기 나타난 오이라트의 대군에 놀라 급히 방어 태세를 갖추었지만, 막상 싸움이 시작되자 전황은 일방적으로 기울어 버렸다.

경사로 귀환한다는 생각만 하고 있던 병사들은 몽골의 날랜 기병에 제대로 맞서지 못했다.

우선 화살을 쏜 후 가장 취약해 보이는 지점으로 돌진하는 몽골군의 전술은 탁월한 기동력을 바탕으로 이루어지는 것이었다.

관군이 집결하면 빠른 발로 물러나고, 허점을 보이면 다시 빠르게 달려들었다.

병력의 차이는 오십만 대 이만.

만약 명나라 장정 오십 명과 몽골 남자 두 명이 싸움을 벌였자면 그것은 해 보나 마나한 대결이 되었을 것이다.

그러나 군대끼리의 전투는 달랐다.

오십만 속에 들어가 있는 병사는 자신들의 병력 규모가 얼마나 큰지 알 수 없다. 사방을 둘러봐도 보이는 것은 동료들 일부뿐이고 전체를 볼 수 없기 때문이다.

적의 존재는 멀리서 들려오는 함성, 땅바닥을 진동시키는 말발굽, 그리고 허공으로 떠오른 흙먼지로 판단할 수 있었다.

이만 명이면 지평선을 가득 메우며 피어오르는 흙먼지를 충분히 만들어낼 수 있었다.

에센은 거기에 더해서 나무판을 매달아 끌도록 했다.

그것은 몽골 기병들이 자신들보다 수가 많은 적과 싸울 때 늘 사용하는 전술이었다.

해를 가릴 정도로 피어오르는 흙먼지는 명나라 병사들에게 극도의 공포심을 안겨주었다.

오십 만이라는 숫자 속에는 애당초 제대로 된 군사훈련을 받지 않고 그냥 따라온 어중이떠중이들도 많이 섞여 있었는데, 그들은 전투에 별 도움이 되지 못했을 뿐만 아니라 오히려 사기를 급속히 저하시켰다.

좌우에서 겁먹고 허둥대는 사람이 있으면 공포는 두 배, 세 배로 증폭되어 퍼지기 때문이었다.

결국 명나라 병사들은 다수의 이점을 전혀 살리지 못했다. 오십만이 하나의 부대로 움직이는 게 아니라 개개인으로 구성된 오십만 개의 부대가 각자 따로 행동하는 것이나 마찬가지였다.

그렇게 된 것은 전적으로 지휘관의 책임이었다.

명령과 지휘체계가 제대로 이루어졌다면 그토록 허망하게 오합지졸이 될 일은 없을 것이었다.

뇌물로 자지를 차지한 무관들이 요소요소에서 체계의 원활한 운용을 방해하는 것도 한 요인이었다.

오랜 세월 부하들과 함께하지 않은 지휘관의 명령은 위급한 때에 제대로 전달되기 어려운 것이다.

그런 중에도 천 명, 만 명 단위로 단단하게 결속된 부대들이 없는 게 아니었다.

그러나 그들은 빠른 몽골 기병을 따라잡지 못했다.

몽골의 전술은 기본적으로 사냥과 비슷했다.

마치 늑대 무리가 자기들보다 덩치가 큰 들소를 사냥할 때 계속 허점을 노리면서 치고 빠지기를 반복하듯이 경기병이라는 전술적 이점을 최대한 살리는 것이었다.

모두 기병으로 이루어진 이만의 병력은 보병과 치중부대가 뒤섞인 명나라 군대를 마음대로 유린했다.

몽골군에는 경기병 외에 갑주를 제대로 갖춘 중기병(重騎兵)도 있었다.

그들은 경기병이 헤집어 놓은 상대 진영에 치명상을 가하는 역할을 맡았다.

일단 대열이 흐트러진 부대들은 그들의 공격에 도저히 버텨낼 재간이 없었다.

결국 명나라 병사들은 너 나 할 것 없이 사방으로 흩어져 달아나며 제 살 길 찾기에 바빴다.

후미 부대의 극심한 피해는 즉시 왕진에게 보고되었다.

그는 패전의 원인을 무능한 장수들 탓으로 돌렸다.

"평소 열심히 병법을 익히고 제대로 훈련을 했다면 오랑캐 따위에게 질 리가 없다. 모든 목숨을 걸고 자기 자리를 지키도록 해라. 명에 따르지 않는 자는 참하겠다!"

그리고 정작 자신은 황제와 함께 달아나기 바빴다.

모든 군령이 자신을 통하도록 해 놓고 도망쳐 버렸으니 뒤에 남은 병력은 머리 잃은 뱀 꼴이 될 수밖에 없었다.

오이라트의 대군이 명나라 군대를 쥐 잡듯이 하는 그때.

한 무리의 병력이 그들의 후방으로 파고들었다.

바로 무림맹이었다.

진평과 뇌전대가 선두에 서고 원각대사가 이끄는 본진이 뒤를 따랐다.

그들의 목적은 하나.

바로 오이라트의 수장인 에센을 제거하는 것이었다.

진평은 본래 좀 더 철저한 정보 수집을 한 후에 기회를 잡으려고 했지만 관군이 처참하게 패하는 모습을 두고 볼 수가 없어 참전을 결심한 것이었다.

몽골 기병들은 진평과 뇌전대를 발견한 즉시 군호를 주고받더니 일지군을 빼내어 돌격해 왔다.

진평은 뇌전대에 방어진형을 갖추도록 했다.

평원에서 기병과 보병이 맞붙는 것은 말도 안 되게 불리한 싸움이었다.

그러나 보병이 모두 무림고수라는 게 변수였다.

몽골 기병들이 쏜 화살은 하늘을 시커멓게 뒤덮으며 날아왔다. 그러나 뇌전대원들은 그것을 두려워하지 않았다. 방패 없이도 저마다 일신의 무공으로 쳐낼 수 있었던 것이다.

진평은 이번 싸움을 위해 특별히 자루가 긴 대도를 들고 왔는데, 그것을 회전시켜 자신과 설가영을 향해 날아오는 화살들을 모두 막아냈다.

무기가 크고 무겁다 보니 파공음도 둔중하게 울려 퍼졌다.

몽골 기병들은 뇌전대의 진형이 전혀 흐트러지지 않는다는 사실을 알았지만 계속 돌격을 감행했다.

그 결과는 참담했다.

선두에 섰던 기병이 진평이 휘두르는 대도에 말의 목과 함께 허리가 동강 나 떨어지는 것을 시작으로 일방적인 학살에 가까운 전투가 이어졌다.

이번 출정 인원은 고수들로만 가려 뽑았기 때문에 기병들의 화살이 아무리 빠르고, 그들의 마힐셀렘(만곡도)이 아무리 예리해도 소용이 없었다.

거기에 무림맹 본진까지 가세하자 전황은 확연하게 기울어져 버렸다.

진평과 설가영, 홍패, 구재원을 비롯한 무림맹 사람들 모두가 승리에 기뻐했다.

그러나 그것은 단지 시작에 불과했다.

수백 명의 동료를 잃었음에도 불구하고 몽골 기병들은 전혀 당황하지 않았다.

무림맹 병력이 비록 보병뿐이지만 대단히 강하다는 사실을 알게 되자 나머지는 전력을 보존한 채 후퇴했다.

진평은 그들의 움직임에 감탄했다.

마치 날아오는 돌멩이를 손으로 움켜잡았더니 순식간에 모래로 변해서 손가락 사이로 빠져나가는 것 같았다.

태어나면 걷기보다 말 타기를 먼저 배운다는 그들답게 독보적인 기마술을 이용하여 방어진에서 탈출할 수 있었던 것이다.

간격이 벌어지자 뇌전대원들은 진평의 명령을 기다렸다.

진평은 뇌전대의 경공능력을 활용하여 돌진할 생각을 가장 먼저 떠올렸다.

그러나 경기병들이 다시 달아난다면 뒤처진 일부만 제압할 수 있을 뿐 주력은 놓치고 진기만 소모할 게 분명했다.

오이라트의 병력 규모를 놓고 봤을 때 지금 무림맹 앞을 가로막은 기병의 수는 일부에 불과할 텐데, 그들을 상대로 힘을 다 뺄 수는 없었다.

진평은 쐐기 대형을 만들도록 한 후 그 첨두에 서서 천천히 걸어 전진했다.

느리더라도 힘을 보전하면서 에센의 깃발을 향해 나아갈 생각이었다.

그러자 몽골 기병들이 다시 움직이기 시작했다.

뭉치고 흩어지기를 자유자재로 하는 그들은 뇌전대가

그냥 전진하도록 내버려 두고 멀리 우회하여 무림맹의 배후로 돌아갔다.

무림맹 본진은 술렁거렸다.

차라리 맞붙어 싸우면 그런 느낌이 없을 텐데, 배후를 차단당하고 보니까 불안감이 밀려왔던 것이다.

진평은 이 싸움이 결코 쉽게 끝나지 않을 것이라는 사실을 깨달았다.

몽골 기병 개개인이 무림맹 고수들의 상대가 되지 않는다는 사실은 자명했고, 실제로도 증명이 되었다.

그러나 부대와 부대 간의 전투가 되자 문제가 달라졌다.

몽골 기병들이 집단으로 뭉쳐 움직이자 무림맹 사람들은 접전이 벌어졌을 때 자신들이 이긴다는 사실을 알면서도 그 수에 압도되어 주눅이 들었다.

그나마 뇌전대는 기본진형 갖추는 훈련이 되어 있기 때문에 나은 편이지만 본진 쪽은 몽골 기병들이 모이고 흩어질 때마다 동요하는 모습을 보였다.

진평은 진퇴의 기로에서 망설였다.

옆에서 설가영이 말했다.

"형님, 아무래도 더 깊이 들어가는 건 위험할 것 같아요."

그녀 역시 상황이 심상치 않음을 간파한 것이다.

오이라트의 병력은 무림맹에 비해 월등히 많았다.

눈에 보이는 차이만 해도 압도적이었고 흙먼지 뒤에 가려진 수는 짐작조차 할 수 없었다.

선택의 순간.

진평은 결단을 내렸다.

"무엇도 우리를 막을 수 없다!"

단호한 어조로 말한 그는 걸음의 속도를 빨리 하며 대도를 휘둘렀다.

그를 따라서 뇌전대의 전진속도도 빨라졌고, 무림맹까지 거기에 가세하게 되었다.

몽골군 측에서는 중기병이 전면으로 나섰다. 무림맹의 심상치 않은 움직임에 경각심을 가지게 된 것이다.

그들을 상대하는 것은 훨씬 쉬웠다.

그들은 잘 갖춰진 갑옷과 긴 창, 튼튼한 방패를 무기로 막강한 전투력을 발휘하는 부대였지만 경기병처럼 민첩하게 움직이지는 못했다.

무림맹이 싸우기에는 훨씬 수월한 상대였던 것이다.

진평은 뇌전대가 나아갈 길을 혼자 만들다시피 했다.

대도를 한 번 좌우로 휘저을 때마다 한두 명에서 많게는 서너 명까지 말과 사람이 함께 넘어가니 그 모습이 마치 빗자루로 낙엽을 쓰는 것과 같았다.

그렇게 진평이 적의 대열에 틈을 만들면 뇌전대의 양쪽

날개가 그 틈을 더 넓게 벌리고 무림맹 본진이 마무리를 짓는 식으로 착착 맞물려 돌아갔다.

배후를 차단당해 불안해하던 무림맹 사람들은 겁먹을 필요 없이 전진하면 된다는 자신감을 가지게 되었다.

그것은 큰 변화였다.

그러나 오이라트의 군대는 만만치 않았다.

경기병 백인대들이 속속 추가되어 배후는 물론 좌우에서도 화살을 쏘며 점점 강하게 무림맹을 압박해 왔다.

병력이 본격적으로 충원되면서 무림맹은 한 겹, 두 겹, 열 겹, 스무 겹의 적에게 둘러싸이는 새로운 공포에 직면하게 되었다.

진평이 뇌전대원들에게 외쳤다.

"두려워하지 마라! 저들의 수가 아무리 많아도 우리를 가둘 수는 없다. 나를 따르라!"

다른 사람도 아닌 진평의 말이기에 뇌전대원들은 불안감에서 벗어날 수 있었다.

뇌전대의 분전은 무림맹 본진의 사기에도 영향을 미쳤다.

전투는 한 시진을 지나 두 시진 가까이 치열하게 전개되었고 오이라트의 군대는 관군에 비하면 극히 미미한 숫자에 불과한 무림맹 때문에 상당한 피해를 입게 되었다.

진평은 잠시 손을 멈추고 좌우를 돌아보았다.

설가영을 비롯한 지인들과 뇌전대, 그리고 무림맹의 상황을 살피기 위해서였다.

"으음……."

진평은 침음성을 흘렸다.

다들 지친 기색이 역력했다.

설가영을 비롯한 몇몇은 전장에서 주운 방패를 한 손에 들고 있었다.

체력 저하로 인해 날아오는 화살들을 무기로 쳐낼 집중력이 떨어졌다는 반증이었다.

진평 자신의 진기 흐름이 처음과 별 차이가 없어서 다른 사람들도 비슷할 거라고 생각했는데 전혀 아니었다.

계속 이어진 격전으로 인해 탈진해 가고 있었다.

그것은 심각한 문제였다.

무공이 아무리 고강해도 군대를 이기기는 힘든 게 바로 이런 상황 때문이었다.

진평은 적 진영을 둘러보았다.

그들도 사람인 이상 지칠 게 분명했다.

그러나 몽골군은 수가 많았다.

지친 사람과 말이 쉬는 동안 대체해서 싸울 병력이 얼마든지 대기하고 있었다.

진평은 결국 생각을 바꿀 수밖에 없었다.

조금 더 시간을 지체하면 무림맹의 피해가 급속도로 늘

가능성이 컸다. 간신히 버티던 선을 넘어서 버리면 한꺼번에 무너질 수 있는 것이다.

퇴각도 힘이 남았을 때 해야 생존율을 높일 수 있었다.

"퇴각 대형을 갖추어라!"

진평의 명령에 뇌전대원들이 말했다.

"저희는 더 싸울 수 있습니다."

"에센을 잡을 때까지 멈추지 않겠습니다!"

진평은 고개를 가로저었다.

"이만큼 들어왔어도 에센의 대장기와의 거리는 전혀 줄어들지 않고 있다. 설령 그를 잡는다고 해도 너희가 죽는다면 무슨 소용이 있겠는가. 난 모두가 살아서 돌아가는 길을 택하겠다."

뇌전대의 움직임은 무림맹 본진으로 전해졌다.

원각대사를 비롯하여 이십팔수에 속하는 문파들은 신중하게 경로를 잡고 이동하기 시작했다. 공격보다 퇴각이 훨씬 위험한 전술임을 잘 알기 때문이었다.

뇌전대는 그중에서도 가장 위험한 임무인 뒤를 끊는 역할을 맡았다.

몽골 기병들은 무림맹이 뒷걸음질을 치자마자 기민하게 조여들어 왔다. 한 명도 살려 보내지 않겠다는 의지가 강하게 드러나는 움직임이었다.

오이라트가 무림맹 때문에 입은 피해는 극심한 것이었

다.

　인원 손실도 적지 않았지만 후방의 예기치 않은 교란으
로 인해 명나라 황제를 잡을 수 있는 기회가 무산되었다
는 사실이 에센을 분노하게 만들었다.

　그는 훼방꾼을 모조리 잡아 죽이라는 명령을 내렸다.

　시간이 지날수록 에워싸는 병력이 많아지자 진평은 뇌전
대의 진형 유지에 더욱 신경을 썼다.

　그리고 홍패에게 물었다.

　"벽력탄은 몇 개나 가지고 왔지?"

　"남은 걸 다 챙겨왔습니다."

　"좋아. 자루를 내게 줘."

　진평은 홍패가 어깨에 둘러메고 있던 자루를 받아 자신
의 어깨에 둘렀다.

　어떤 상황이 벌어질지 모르기에 챙겨오도록 한 것인데,
지금이 바로 그것을 써야 할 시기라고 진평은 생각했다.

　무림맹이 전장을 무사히 빠져나가는 데 가장 큰 걸림돌
은 몽골 기병들의 민첩한 기동력과 자유자재로 뭉치고 흩
어지는 운용 전술이었다.

　진평은 적의 움직임을 관찰하다가 기병들이 한 장소에
집결하는 모습을 보고 벽력탄을 던졌다.

　무려 사십여 장에 이르는 먼 거리.

　그러나 벽력탄은 정확히 날아가 기병들이 가장 밀집된

장소에서 폭발했다.

그 폭발로 인해 사상자도 많이 발생했지만 더 큰 피해는 백인대의 조직이 와해되었다는 점이었다.

흩어졌던 병력이 모여 인원을 확인하고 편성을 바꾼 후 재배치되는 과정에서 중요한 고리가 붕괴된 것이다.

진평이 던지는 벽력탄은 그 후에도 어김없이 기병들의 집결장소로 날아가 폭발했다.

그로 인해 오이라트 군은 일시적으로 조직력이 와해되어 단순히 수적 우위만 남게 되었다.

그것만 가지고는 무림고수들을 제압하는 게 쉽지 않은 일이었다.

퇴각 속도를 빨리할 수 있게 된 무림맹은 오래지 않아 평원의 전장을 빠져나와 구릉지역에 도달했다.

몽골 기병들에겐 난처한 상황이었다.

지형상 기병의 이동이 불편하기 때문이었다.

그럼에도 불구하고 그들의 공세는 멈추지 않았다.

에센의 진노를 달래려면 어떻게든 무림맹을 전멸시켜야 하는 것이다.

벽력탄을 모두 소진한 진평은 다시 대도를 빗겨 들고 선두로 나섰다.

"좌우 동료들과 간격을 확인하라!"

그의 지휘로 뇌전대의 방어진은 더욱 견고해졌다.

그렇게 단단한 진형을 유지하며 퇴각하던 진평은 두 개의 언덕 사이에 난 좁은 길을 발견하고는 뇌전대를 절반씩 나누어 각각 고지대로 올라가도록 했다.

그리고 자신은 길 한가운데 혼자 섰다.

그 모습을 보고 몽골 기병들의 돌격이 멈추었다.

단 한 사람.

대도를 세워 잡고 길을 막은 사람은 단 한 명이었다.

그러나 몽골 기병들은 감히 덤벼들지 못했다.

진평의 모습이 너무나 당당하고 위압적이었기 때문이다.

마치 신장(神將)을 마주하기라도 한 듯 두려움을 느끼는 게 몽골 병사들의 공통적인 심정이었다.

전방의 부대가 전진하지 않자 오이라트의 천인대 지휘관들이 속속 앞으로 나왔다.

그들은 악을 부하들을 독려하여 활을 쏘도록 했다.

한꺼번에 수백 발씩, 화살들이 끝도 없이 진평을 향해 날아왔다.

진평은 대도를 회전시켜 그것들을 모두 쳐냈다.

그의 주변엔 온통 화살로 이루어진 갈대밭이라도 생긴 것처럼 시커멓게 변했지만 정작 당사자인 진평은 멀쩡했다.

그 모습에 몽골 병사들의 경외감은 더 깊어졌다.

천인대 지휘관들조차 더 이상 부하들을 다그치지 못했다.

몽골족들은 강자를 숭배했다.

오이라트의 깃발아래 모인 것도 그가 강하기 때문이었다.

그들이 봤을 때 홀로 길을 막은 한인 사내는 믿기 어려울 정도의 강자였다.

목표로 정한 무림맹 병력이 점점 멀어지고 있지만 이 사나이를 넘어서 가는 것은 생각하기 어려웠다.

그때, 한 무리의 부대가 요란한 소리를 내며 나타났다.

몽골 기병들은 좌우로 갈라서서 길을 내주었다.

새로 나타난 자들은 에센이 총애하는 무림고수들로 이루어진 부대였다.

그들은 진평 때문에 길이 막힌 것을 보고 천인대 대장들을 비웃은 후 곧바로 달려들었다.

진평은 기식을 고르고 내공을 끌어 올렸다.

새로 나타난 자들의 기도를 읽고 수준을 짐작할 수 있었던 것이다.

이제껏 싸우던 몽골 병사들과는 차원이 다른 상대였고, 수도 많았다.

말이 도달하기 전에 먼저 암기들이 요혈로 날아왔다.

상대는 새외의 무림인들.

적은 제압함에 있어서 효율만을 따질 뿐 암기나 독의 사용에 아무런 거리낌도 가지지 않는 자들이었다.

그러나 그들의 암기는 낱낱이 대도에 튕겨 나갔다.

"죽어랏!"

두 명이 말안장에서 몸을 날려 창과 철편으로 진평의 상체와 하체를 협공하고 다른 두 명은 갈고리 달린 쇠그물을 던지는 협공이 펼쳐졌다.

진평은 눈이 빛난다 싶은 순간, 그의 대도가 우렁찬 파공음을 토해냈다.

몸을 날린 두 명은 공중에서 몸이 분리되었고, 쇠그물은 갈라졌으며 그물을 던진 자들 역시 죽음을 면치 못했다.

혼자서 네 명을 순식간에 해치운 것이다.

좌우 언덕을 지키던 뇌전대원들 사이에서는 함성이 터져 나왔다.

평소 진평의 무위에 대해 잘 알고 있는 그들이지만 방금 본 광경은 실로 놀라운 것이었다.

상대가 일반 병사가 아니라 무림인들, 그것도 상당한 고수라는 사실은 안장에서 몸을 날리는 움직임에서 이미 짐작할 수 있었던 일이었다.

다들 진평이 그들의 협공에 어떻게 대처할 것인지 저마다의 방식으로 예상을 해 보았는데, 정작 그가 보인 움직임은 단순하기 이를 데 없었다.

앞으로 나아가며 도를 여섯 번 휘둘렀을 뿐이었다.

네 사람과 두 개의 그물이 반 토막 나고 주인 잃은 말

네 마리만 남는 데까지 걸린 시간은 실로 눈 깜빡할 사이.

간결하고도 유연한 동작의 연결이 이루어낸 결과였다.

일견 단순해 보이지만, 실전에서 그렇게 움직이는 것이 얼마나 어려운지는 고수라면 다 알았다.

오이라트 진영에서도 역시 탄성이 터져 나왔다.

죽은 네 사람과 함께 온 새외무림인들의 표정은 참담하게 일그러졌다.

그들 역시 진평의 무공 수준을 알아본 것이다.

서로 눈치를 보다가 모두의 시선이 한 사람에게 모였다.

그러자 그가 앞으로 나섰다.

사방으로 뻗친 백발과 흰 수염, 그럼에도 불구하고 벌어진 가죽 옷 사이로 드러난 근육들은 젊은이 못지않았고, 내뿜는 기도는 극히 날카로웠다.

풍뢰노조(風雷老祖).

그는 새외무림 최강의 고수인 동시에 오이라트 진영에서 극빈대접을 받고 있는 무림인들의 수장이기도 했다.

본래는 귀영객과 함께 새외쌍마로 불리지만 귀영객은 에센을 가까이에서 그림자처럼 호위하느라 전투에는 참가하지 않았다.

말을 걸려 앞으로 나선 그가 탁한 어조로 입을 열었다.

"난 풍뢰라고 한다. 너는 누구냐?"

"진평."

짧은 대답이었지만 풍뢰노조의 눈썹이 꿈틀거렸다.

"뇌전대 대장 호림공이란 자가 고작 이런 약관의 애송이였단 말인가?"

"당신은 듣던 것보다 늙어 보이는군."

여유 있는 대꾸에 풍뢰노조는 한참 못마땅한 표정으로 진평을 노려보다가 말에서 내렸다.

말을 타면 보법을 마음대로 펼칠 수가 없기 때문이었다.

그는 안장에서 보석 장식이 달린 만도 두 자루를 꺼내어 양손에 나누어 쥐었다.

바로 에센이 선물한 보도였다.

풍뢰노조와 진평이 서로 간격을 맞추어 서며 방위를 옮겨 디디자 주변이 온통 적막에 휩싸였다.

뇌전대와 새외무림인들은 물론이고 몽골 기병들까지 바짝 긴장하여 싸움을 주시했기 때문이다.

진평은 풍뢰노조의 움직임이 예사롭지 않다는 사실을 간파했다. 만약 깨달음 이전에 만났더라면 상당히 고전했을지도 모를 고수였다.

그러나 지금의 진평은 달랐다.

동악률과의 재대결 이후 무학적으로 큰 진전을 이루었고, 불회곡주와 겨룬 이후 심리적으로도 굳건한 정심을 지니게 되었다.

상대가 누구건, 어떤 상황에 처했건, 진평은 전혀 흔들리지 않고 대처할 수 있었다.

반면에 풍뢰노조는 마음이 편치 않았다.

호림공이란 자가 마교 교주를 쓰러트렸다는 소문은 장성 밖에서도 이미 듣고 있었다.

그가 이십 대 초반의 새파란 젊은이라는 사실도 인정하고 넘어갈 수 있었다.

문제는 그가 풍기는 기도였다.

풍뢰노조는 진평에게서 태산 같은 무게감과 바다 같은 깊이를 동시에 느꼈다.

그것은 대결 당사자의 입장에서 여간 거북하고 답답한 게 아니었다. 태산에 무게에 짓눌리는 기분, 심해로 끌려들어 가는 기분이 들었다.

'어찌 저 나이에 이런 기도를 풍길 수 있단 말인가?'

풍뢰노조는 슬쩍 방위를 바꾸며 상대를 도발해 보았다.

그러나 진평은 눈빛 하나 흔들리지 않았다.

결국 풍뢰노조가 먼저 움직였다.

그는 눈 깜빡할 사이에 진평과의 간격을 좁히며 연속적으로 보도를 휘둘렀다.

그 패도적인 기세에 무림맹 측에 일순 긴장감이 감돌았다.

그로나 진평의 표정은 담담했다.

그는 대도를 든 채로 풍뢰노조의 빠른 공격을 모두 막

아냈다. 그리고 십초를 넘어가면서부터 반격을 시작했다.

"허억……!"

풍뢰노조는 다급성을 터뜨렸다.

갑자기 자신의 두 손이 상대에게 빨려 들어가는 느낌이 드는가 싶더니 거세게 되밀리는 등 종잡을 수 없는 상황에 처하게 된 것이다.

그는 당혹감과 동시에 두려움을 느꼈다.

진평이 자신보다 고수라는 사실을 직감한 것이다.

그는 달아날 생각을 했다.

오이라트의 에센이 아무리 귀빈 대접을 해 준다고 해도 자기 목숨을 버려가면서까지 그를 위해 싸울 생각은 애당초 없는 풍뢰노조였다.

그가 기회를 보아 몸을 날리는 순간, 진평의 눈이 빛났다.

동시에 대도의 날이 번뜩였고, 풍뢰노조는 단칼에 몸이 두 동강나고 말았다.

믿기 힘들 만큼 빠른 일격이었다.

뇌전대원들은 일제히 환호성을 질렀고 오이라트 진영에선 경악성이 터져 나왔다.

몽골 진영에선 모두 풍뢰노조를 향한 에센의 믿음이 어느 정도인지 알았다.

그런 그가 이토록 허망하게, 먼저 덤빈 네 명과 별반 차이도 없이 목숨을 잃게 되자 오이라트 병사들은 비로소 진평이 어느 정도의 고수인지 확실히 알게 되었다.

천인대장 중 한 명이 회군 명령을 내렸다.

그러자 다른 대장들도 연이어 자신의 병력을 돌렸다.

진평을 넘어서지는 못한다는 사실을 깨닫고 차라리 에센에게 질책당하는 길을 택한 것이다.

지금은 뚫을 수 없는 길에 미련을 가지기보다는 명나라 군대를 쫓으며 전리품을 챙기는 게 더 나은 선택이었다.

결국 몽골의 기병은 진평 한 사람에 막혀 모두 퇴각했고 무림맹과 뇌전대는 대부분의 병력을 온존한 채 전장에서 빠져나올 수 있었다.

제4장
용좌의 주인

　요아령 전투 다음 날.

　황제의 어가는 통막성(統漠城)에 도착했다.

　당나라 때 만들어진 이 성의 이름 통막은 사막을 통치
하겠다는 뜻이었다.

　그러나 실제로는 오랜 세월 버려지다시피 했다.

　장수들은 왕진에게 삼십 리쯤 떨어진 회래성으로 이동
하자고 청했다.

　통막성에는 결정적인 문제가 있었기 때문이다.

　그것은 바로 물이 없다는 점이다.

　사막을 통치하고자 성을 가까이 지은 것은 좋은데, 물
이 없다는 사막의 결점도 받아들여야 했다.

군대를 주둔하면 병사들이 매일 멀리까지 가서 물을 길어 오는 수고를 해야 했기 때문에 결국 성이 버려지는 결과로 이어진 것이었다.

이런 곳에 대군이 머무는 것은 있을 수 없는 일이었다.

그러나 왕진은 장수들의 말을 듣지 않았다.

급하게 도망치느라 자신의 부하들과 헤어졌기 때문에 그들이 합류하기를 기다려야 했다.

사람이 아니라 그들이 가진 상자가 필요했다.

왕진은 경사를 벗어난 뒤에도 자신의 본분을 게을리하지 않았다.

군대를 움직임에 있어 누가 황제 근처에서 눈에 잘 띄는 임무를 맡고, 누가 멀리서 힘든 일을 맡느냐 하는 것은 전적으로 왕진 마음대로였다.

자리를 내어 주면서 뇌물을 받고, 다시 그 자리에 보다 돋보이는 임무를 배정하면서 뇌물을 받은 것이다.

그렇게 거둬들인 금은과 전표들을 되찾기 전에는 회래성으로 갈 수가 없었다.

난전 중에 헤어진 부하들이 통막성은 찾아올 수 있겠지만, 그보다 삼십 리나 먼 회래성까지 따라오는 건 어렵다고 본 것이다.

장수들은 병법은 차치하고라도 인간의 기본 생존 요건조차 무시한 왕진의 결정에 크게 반감을 가졌다.

그러나 병부상서에게까지 치욕을 주는 왕진의 권세에 눌려 감히 나서서 말하지 못했다.

하루가 지나고, 흙먼지와 함께 당도한 것은 왕진의 부하들이 아니라 오이라트의 대군이었다.

그들은 단번에 통막성을 포위했다.

요아령 전투 때보다 병력이 크게 늘어난 것은 각지에서 지원군이 속속 추가된 덕분이었다.

꼼짝없이 성에 갇히게 된 왕진은 그제야 다급해져서 방책을 물었다.

당장 급한 것은 병사들이 마실 물이었다.

그러나 수십 곳을 골라 이 장이 넘는 깊이로 우물을 파보았지만 물은 단 한 방울도 나오지 않았다.

수만의 병사가 하루에 마셔야 하는 물의 양은 엄청난 것인데 어디에서도 물이 나오지 않으니 보통 심각한 상황이 아니었다. 다친 군마를 죽여 그 피를 마시는 것 말고는 갈증을 면할 방법이 없었다.

밥을 지을 수도 없어서 생쌀을 씹어야 했는데, 침이 말라 그마저도 쉽지 않았다.

에센은 명군의 상황을 면밀히 주시했다.

수시로 정찰병을 보내어 성 위의 초병들 상태를 살피던 그는 명군이 한계에 달했다 싶은 시점에 회래성으로 통하는 방향의 포위를 풀었다.

그리고 다른 쪽도 함께 물러가는 모양새를 취했다.

누가 보아도 유인하는 전술.

그러나 명군은 그 길에 유혹을 느낄 수밖에 없었다.

밥은 며칠 굶어도 살 수 있지만 물은 달랐다.

어차피 통막성에 갇혀 있다가는 다 죽게 될 판이니 함정인 줄 뻔히 알면서도 한 가닥 희망을 품고 도전해 볼 수밖에 없는 것이었다.

왕진은 그제야 장수들을 모아 놓고 방책을 물었다.

"그대들의 의견을 허심탄회하게 수용할 테니, 좋은 생각이 있으면 전부 말해 보시오."

그러나 회래성으로 갈 기회를 놓친 지금은 다른 방도가 없었다. 뚫고 나가다가 전사하거나 이곳에 갇혀서 목말라 죽거나 둘 중 하나였다.

에센이 명나라 군대를 말려 죽이는 손쉬운 방법을 마다하고 속전속결을 택한 데는 이유가 있었다.

어제 풍뢰노조가 죽었다는 보고를 받고 혹시라도 중원의 무림고수들이 또다시 훼방을 놓을까 봐 불안하고 겁이 났던 것이다.

이삼 일만 포위하고 있으면 화살 한 대 날리지 않고 몰살시킬 수 있는 유리한 상황임에도 불구하고 적에게 한 줄기 가능성을 열어 준 것은 그런 이유 때문이었다.

명나라 진영의 작전회의 결론은 자명했다.

병사들의 힘이 조금이라도 남아 있을 때 최후의 결전을 벌이는 것 말고는 다른 방법이 없었다.

왕진은 뻔한 결말을 알면서도 장수들의 의견을 전부 다 들어주었다.

혹시 나중에 문제가 생기더라도 자기는 한 발 뺄 빌미를 만들어 두고 싶었던 것이다.

명군은 마침내 성문을 열었다.

그리고 철기병으로 이루어진 선발대를 내보냈다.

그들은 사방을 정찰하고 경계했는데, 오이라트 기병은 보이지 않았다.

그러나 눈에 보이지 않는다고 해서 그들이 물러갔다고 생각하는 사람은 아무도 없었다.

잠시 뒤 황제의 어가가 나왔다.

철기병들은 즉시 그 앞뒤와 좌우를 에워쌌다.

어찌 되었건 황제와 왕진만큼은 안전해야 하기에 그런 진형을 짠 것이다.

나머지 병사들의 안전은 전적으로 각자에게 맡겨 버리는 무책임한 행동이기도 했다.

왕진은 그 와중에도 지휘봉을 높이 휘두르며 외쳤다.

"전진하라! 회래성까지 쉬지 않고 간다."

왕진이 재촉하지 않아도 병사들 모두 마음이 바빴다.

적이 언제 튀어나올지 모르기 때문이었다.

어가를 호위한 철기병이 속도를 내자 후속 부대들이 그들을 놓치지 않으려고 바짝 따라붙었다.

그렇게 선두가 통막성에서 십 리가량 벗어날 때까지도 적의 움직임은 없었다.

혹시나 오이라트가 진짜로 물러간 건 아닐까 하는 희망이 병사들 사이에 퍼지기 시작했고, 조금만 더 달리면 회래성까지 갈 수 있을지도 모른다는 조급함이 목마른 그들을 더 빨리 지치게 만들었다.

그러나 그들의 기대는 여지없이 무너졌다.

함성과 함께 사방에서 흙먼지가 이는가 싶더니 오이라트의 기병들이 지평선을 메우며 새까맣게 몰려들었다.

그들의 목표는 하나.

바로 황제의 어가였다.

전쟁의 승패를 가를 수 있는 결정적인 목표가 벌판 한가운데로 나왔으니 다른 데 신경 쓸 이유가 없었다.

왕진은 모든 적이 자신을 향해 달려오자 장수들에게 쉬지 않고 악을 썼다.

"무엇들 하느냐! 어서 길을 열어라! 황제 폐하를 안전하게 모셔야 한다!"

그것은 무리한 요구였다.

명나라 철기병들은 오이라트의 대군 사이를 뚫고 들어가 길을 만들 힘이 없었다.

그들에게 뚫리지만 않아도 다행이라고 할 수 있었다.

철기병들은 황제를 지켜야 한다는 일념으로 사력을 다해 싸웠다. 그러나 오이라트의 기병이 더 빠르고, 더 기운이 넘쳤으며, 전술적으로 영리하게 움직였다.

왼쪽을 치면 왼쪽으로 몰렸다가 오른쪽을 치면 다시 그리로 가는 식으로는 오이라트의 기병을 막을 수 없었다.

결국 한 방향이 뚫리고 말았고, 관군 진형은 걷잡을 수 없이 붕괴되고 말았다.

진형이 유지되고 있을 때는 작은 희망이라도 가질 수 있었지만, 사방에서 오이라트 기병이 난입하자 그 희망마저 사라지고 만 것이다.

명나라 철기병들은 황제를 지켜야 한다는 쪽에서 나라도 살아야겠다는 쪽으로 생각을 바꾸었다.

그나마 기병은 좀 나은 편이었다.

남아 있던 물과 술을 철기병들에게 모두 내어 주어야 했던 보병들은 십 리를 달려온 지금 손발이 후들거려 서 있기조차 힘들었다.

전투는 꿈도 못 꿀 뿐만 아니라 달아날 힘마저도 없었다.

오이라트 기병들은 상대가 탈진했다고 해서 봐주지 않았다. 적을 죽이지 않으면 내가 죽고, 내 양 떼와 가족들이 노예가 되는 것이 초원의 불문율이었다.

그런 환경 아래 살아온 몽골 전사들이기에 적에게 베풀 자비 따위는 가지고 있지 않았다.

명나라 병사가 싸울 의사가 있건 없건 그들의 창과 칼은 잠시도 멈추지 않았다.

참혹한 패배.

수만 명의 주검이 땅을 덮었고, 그들이 흘린 피가 대지를 적셔 흙먼지를 잠재울 지경이 되었다.

그 위로 오이라트의 말발굽이 종횡으로 내달렸다.

황제는 좌우의 시위와 내관들이 차례로 죽어 넘어지는 것을 보고 수레에서 뛰어내렸다.

그러나 사방은 온통 몽골 기병들뿐이라 어디로 가야 할지 종잡을 수가 없었다.

결국 황제는 그냥 바닥에 주저앉아 버렸다.

그리고 애타게 왕진을 불렀다.

"왕 선생! 어디 있소! 나를 구해 주시오."

그러나 대답은 없었다.

대신 몽골 기병들의 억센 손아귀에 사로잡혀 밧줄에 꽁꽁 묶이고 말았다.

황제가 그런 꼴을 당하는 사이, 문무관원들 역시 참담한 상황에 처했다.

어떻게든 길을 열기 위해 분전했으나 목마르고 굶주린 병사들은 오이라트 군대를 이겨낼 힘이 없었다.

결국 병부상서 광야, 호부상서 왕좌를 비롯하여 수많은 무장과 문관들이 전장에서 목숨을 잃고 말았다.

황제는 사로잡히고 함께 출정했던 관리와 병사들은 대부분 죽는, 그야말로 말도 안 되는 참패였다.

왕진은 그 와중에도 살 길을 찾아 도망쳤다.

철기병 대열이 무너지는 즉시 결정을 내렸기에 빠져나가는 데 성공할 수 있었다.

그는 황제를 구해야 할지, 자기 혼자 빠져나가야 할지에 대해 심각하게 고민을 해야 했다.

자신이 이제까지 누린 권세는 오로지 황제가 있었기에 가능한 것이었다. 황제가 죽는다면 자신의 모든 것도 함께 사라져 버릴 판이었다.

그러나 그동안 모은 재산이 아무리 많아도 목숨을 잃는다면 다 소용이 없었다.

그래서 왕진은 혼자 도망치기로 결심했다.

황제의 어가는 너무 눈에 띄고 거치적거리는 게 많았기 때문이다.

골라 뽑아 온 동창 무사들과 무공 강한 환관들이 그를 호위했고, 왕진 본인도 상당한 수준의 무공을 지니고 있었기 때문에 자기들만 빠져나가는 것은 그다지 어렵지 않았다.

그러나 오이라트 진영에도 무림고수들이 있었다.

그들은 전장을 면밀히 관찰하고 있다가 경공술을 쓰는 자들이 보이면 목표로 삼았다.

일반 병사들에 비해 고위직일 가능성이 크고, 나중에 에센에게 받을 상금의 규모도 거기에 비례해서 커질 것이기 때문이었다.

왕진과 환관 무리는 새외무림인들에게 추격을 당하게 되었고, 오래지 않아 그들에게 둘러싸였다.

왕진은 악을 쓰며 독려했지만 새외무림인들은 집요하게 따라붙으며 절대 놔주지 않았다.

명나라 환관들이 부자라는 사실을 알고 있기 때문이었다.

시위의 수가 계속 줄어들자 왕진은 당황하여 어찌할 바를 몰랐다. 황제까지 버리고 왔는데 탈출에 성공하지 못한다면 그야말로 천추의 한이 될 터였다.

쉬지 않고 탈출로를 찾던 왕진은 새외무림인들의 한쪽 포위망이 뚫리는 것을 보았다.

한 청년 무관이 다가와 목숨 걸고 싸워 길을 연 것이다.

"태감 나리, 이쪽입니다!"

왕진이 그에게 물었다.

"네 이름이 무엇이냐?"

복색을 보아하니 말단 무관인데, 무공이 제법이었다.

"예. 소인은 이릉화라고 하옵니다."

"살아 돌아가면 네게 아주 큰 상을 내릴 테니 나를 안전한 곳으로 인도하거라."

"저만 따라오십시오."

왕진은 이릉화의 뒤를 따랐다.

이릉화는 무공이 뛰어나기도 하거니와 자기가 다치는 것을 개의치 않고 왕진을 보호하려 애썼다.

왕진은 자기에게 아부하고 뇌물 바치는 사람들에게 둘러싸여 살아온 사람이었다.

그런데 이릉화라는 이 무관만큼 열과 성을 다해서 자기를 보호해 주는 사람은 없었다.

위급한 때가 되어서야 비로소 사람의 본심을 알 수 있다고 하는데, 왕진은 오늘 자신의 심복으로 삼을 사람을 제대로 만났다고 생각했다.

거푸 적을 쓰러트리던 이릉화는 달려오는 몽고 기병을 제압하고 말을 빼앗았다.

그리고 왕진에게 고삐를 건네주었다.

"이 말을 타고 피하십시오."

"너는 어쩌고?"

"저는 갈 수 있는 데까지 태감님을 따라가면서 적을 막겠습니다."

"오냐, 고맙다!"

왕진은 이렇게 충직한 사람을 왜 진작 만나지 못했을까

한스러워하며 말에 올랐다.

그가 한 발을 등자에 걸고 양손은 고삐와 안장을 잡느라 등 쪽이 무방비 상태가 된 순간.

날카로운 파공음이 울렸다.

이릉화가 검으로 그의 명문(命門)을 찌른 것이다.

"커억……! 네, 네놈이…… 어째서 날……."

땅바닥에 떨어진 왕진은 이릉화가 왜 자기를 찔렀는지 도저히 이해할 수 없었다.

이릉화가 그의 가슴을 발로 밟으며 말했다.

"너를 죽이겠다고 어떤 사람과 약속했다."

곧이어 그의 검이 왕진의 목을 꿰뚫었다.

왕진은 눈을 부릅뜬 채 절명하고 말았다.

황제를 등에 업고 온 천하를 마음대로 주무르던 그가 전장의 한구석에서 그렇게 죽어간 것이다.

*   *   *

황제가 생포당하고 군대가 전멸했다는 소식은 곧 온 천하로 퍼져 나갔다.

무림맹도 발칵 뒤집혔다.

진평은 요아령 전투 이후 부상자를 치료하고 전열을 재정비하는 중이었다. 오이라트가 물러나는 그날까지 전투에 참가하는 게 그의 계획이었다.

그런데 관군이 이토록 빨리 전멸당할 거라고는 정말 상상조차 못한 일이었다.

오이라트가 아무리 강하다고 해도 오십만이 당했다는 것은 이해하기 어려운 결과였다.

무소불위의 권세가 오랑캐에게까지 통하는 거라고 착각한 왕진의 탓이라고 보는 게 맞을 것 같았다.

그나마 한 가지 기쁜 소식도 전해졌다.

왕진이 난전 중에 죽었다는 사실이었다.

특히, 그를 죽인 사람이 바로 거령문의 소문주 이릉화라는 소문에 무림맹 사람들 모두 크게 놀라는 한편 그를 칭찬하기에 바빴다.

이릉화는 무림대회에 참가했었고, 얼마 전까지 뇌전대원으로 활동하기도 한 무림맹 사람이었다.

진평은 찬탄을 금할 수 없었다.

예전에 그가 뇌전대를 탈퇴할 때 천하가 놀랄 일을 하겠다고 했는데, 정말로 그 일을 해낸 것이다.

왕진은 진평 자신뿐만 아니라 무림맹, 병부, 조정 대신들, 황족인 성왕까지 모두가 다 죽이고 싶어 했지만 끝내 어쩌지 못한 자였다.

그런데 이릉화가 그 일을 해낸 것이다.

참으로 대단한 일이 아닐 수 없었다.

왕진에게 가까이 접근하기 위해 관직까지 얻어 가며 노력했을 걸 생각하니 존경의 마음이 절로 우러날 정도였다.

그에게 좀 더 잘해 주었으면 하는 후회도 일었다.

그가 원하는 바를 들어줄 수는 없지만, 적어도 그를 기피하거나 꺼리는 태도를 보이지는 않았으면 좋았을 거라는 후회였다.

무림맹은 황제가 잡힌 마당에 함부로 오이라트와 싸울 수는 없다 생각하고 일단 소림사로 퇴각했다.

원각대사는 진평에게 부탁했다.

"장차 일이 어찌 될지 궁금하기 짝이 없습니다. 번거롭더라도 호림공이 경사로 가서 알아보고 소식을 좀 전해 주십시오."

원각대사뿐만 아니라 무림맹 사람들 모두의 바람이었다.

나아갈 방향을 잡으려면 경사에서 무슨 일이 벌어지고, 어떤 결정이 내려지는지 알아야 했다. 무림맹 입장에선 다행스럽게도 진평이 그 일을 해 줄 수 있었다.

진평 자신도 황제가 없는 조정이 어찌 돌아갈지 궁금했다.

그는 모두에게 작별을 고한 후 곧장 북경으로 향했다.

설가영과 홍패, 삼목객 등이 그와 동행했다.

배가 경사에 닿고 보니 사람들이 온통 새 황제에 대한

얘기를 하고 있었다.

장군부에 도착한 진평은 우겸을 만났고, 그로부터 자세한 앞뒤 상황을 전해 들을 수 있었다.

황제가 생포되고 대군이 전멸당한 이후 북경의 민심은 극도로 혼란해졌다.

남경으로 천도를 하자는 무리까지 나타났는데, 그 주장은 금세 많은 대신의 호응을 얻었다.

당장이라도 몽골 기병이 북경성을 함락시킬 거라는 두려움에 다들 겁을 먹었던 것이다.

우겸은 황제의 친정에 따라가지 않은 관원들 가운데 실질적으로 가장 영향력이 큰 사람이었다.

그는 옛날 송나라가 남경으로 천도한 이후 중원 천하가 어떤 꼴을 당했는지 똑똑히 알고 있었다.

천도는 절대 불가하다는 주장을 펴면서, 그는 우선 성왕의 직함을 감국(監國)으로 바꾸는 일을 추진했다.

단번에 황제로 옹위하지 못한 것은 세 살짜리 황태자 때문이었다.

아무리 나이가 어리다고 해도 황태자가 황제가 되는 게 맞겠지만 나라의 명운이 풍전등화와 같은 때에 그것은 안 될 일이었다.

성 밖엔 황제를 생포한 사나운 오랑캐가 있고, 성안의 백성들은 불안에 떨고 있으며, 관리들은 경사를 버리고 달아나자는 마당에 말도 못하는 세 살짜리 황제가 과연 무엇을 할 수 있겠는가.

우겸은 황태후를 찾아갔다.

현 황실에서 그녀가 가장 웃어른이었기 때문이다.

황태후 역시 사태의 위급함을 알았기에 주기옥의 즉위를 허락했다.

그리하여 오이라트에 사로잡힌 황제는 상황이 되고, 성왕 주기옥이 새로운 황제가 되었다.

죽지도 않은 황제를 밀어내고, 황태자도 아닌 숙부가 황제의 자리에 앉는 것은 분명 유례가 없는 일이고 법도에도 맞지 않았다.

그러나 다른 방도가 없었다.

다행히 새 황제 주기옥은 영민하고 의지도 강했기 때문에 흔들리는 민심을 다독이고 관리들의 기율도 금세 다잡았다.

황제는 우겸을 병부상서에 임명하고 그로 하여금 오이라트를 막을 방책을 강구하도록 했다.

그리고 텅 비어 버리다시피 한 조정의 관직에 자신의 가신들과 우겸이 추천한 인재들을 채워 넣었다.

오로지 왕진에게 아첨만 일삼던 조정의 면모가 단번에 일신된 것이다.

우겸은 남아 있는 병력을 재편성하여 통막성에서 북경에

이르는 요충지에 배치했고, 각 지방에 전령을 보내 즉시 정예군을 경사로 파견하도록 지시했다.

황제를 사로잡고 대군을 몰살시킨 에센의 다음 목표는 당연히 북경성이었다.

그러나 정찰병들로부터 보고를 받은 그는 서두르지 않기로 마음먹었다.

명군의 대응이 만만치 않았던 것이다.

세상일이 다 자기 뜻대로 될 거라 착각하던 환관이 지휘하는 부대와 우겸이 지휘하는 부대는 완연히 달랐다.

그것은 정찰병의 보고만으로도 충분히 간파할 수 있었다.

황제를 포로로 잡은 에센은 급할 이유가 없었다.

아무리 대승이라고 해도 수십만의 병력과 싸우면서 오이라트도 나름대로 피해를 입었으니, 당장은 병력을 추스르고 전력을 회복하는 것도 나쁘지 않았다.

산서 일대를 충분히 약탈한 뒤에도 협상을 하건 전쟁을 하건 자유롭게 선택이 가능했다.

에센의 그런 결정 덕에 명나라 조정은 겨우 한숨 돌릴 수 있었다.

진평과 설가영은 장군부에 머무르면서 그 일련의 과정들을 모두 목격했다.

국난을 맞아서도 흔들리지 않고 중심을 잡은 것은 주기옥과 우겸 정도 되니까 가능한 일이었다는 생각이 들었다.

　진평은 원각대사에게 서찰을 써서 경사의 상황을 자세히 알려 주었다.

　설가영이 진평에게 말했다.

　"잘 아는 사람이 황제 폐하가 되었다고 생각하니까 기분이 이상해요."

　진평도 비슷한 느낌이었다.

　홍패가 웃으며 말했다.

　"혹시 형님께 벼슬자리 하나 떨어지지 않을까요? 히히!"

　"말도 안 되는 소리."

　"아닙니다. 지금 조정에 인물이 없지 않습니까. 형님이라면 어떤 일이건 충분히 맡으실 수 있지요. 흐흐……."

　"내가 할 일은 따로 있다."

　본혈방의 일을 말하는 것이었다.

　그러나 홍패는 집요했다.

　"뭐, 평생 벼슬을 하시랍니까? 나라가 위태로울 때 잠시 한자리 맡으실 수도 있는 거죠. 덕분에 저도 나리 소리 좀 들어 보고요. 헤헤헤……."

　진평은 터무니없는 소리라고 웃어넘겼다.

　그러나 그날 저녁.

내관 두 명이 장군부로 와서 진평에게 입조하라는 황제의 명을 전했다.

진평은 의관을 정제한 후 그들을 따라 황궁으로 갔다.

단하에 꿇어 엎드려 만세를 부르고 보니 과연 옷과 장소가 사람을 다르게 만든다는 생각이 들었다.

황금빛 곤룡포에 십이류 면류관을 쓴 모습이 당당하기 이를 데 없어서 예전에 알던 성왕과 지금 옥좌에 앉아 있는 황제는 전혀 다른 사람인 것처럼 느껴졌다.

"경에게 부탁할 일이 있도다."

"하명하시옵소서."

"경에게 관직을 주고, 한 가지 일을 맡기고자 하노라."

진평은 홍패 생각이 나서 슬쩍 미소 지은 후 답했다.

"소인은 감당할 수 없사옵니다."

"경이 꼭 해야 할 일이니 사양하지 말라."

그리고는 우격다짐으로 칙서를 읽게 했다.

진평은 첨도어사(僉都御使)에 제수되었다.

백두의 서민이 곧바로 정사품에 임명되는 것은 파격이라 아니할 수 없었다.

물론 황제라면 그렇게 할 수 있지만, 아무래도 어울리지 않는 일인지라 진평은 사양하려 했다.

그러나 내관이 계속해서 읽는 다음 내용을 듣고 보니 마다할 수가 없었다.

진평에게 어사를 제수한 것은 남부반란 평정의 일을 맡기기 위함이었다.

등무칠이라는 새로운 도둑 수괴가 십만이 넘는 병력으로 반란을 일으켰고, 지난번에 강서로 달아났던 섭종유가 그 세력에 붙었으며, 진감호도 그들과 호응하여 다시 모습을 나타내고 있다는 것이었다.

북쪽 국경이 어지러우니까 반란군이 이때다 싶어 설쳐대는 것이었다.

진평은 결국 어사인과 검 한 자루, 그리고 관복을 받았다.

섭종유와 등무칠, 진감호 모두에 자기 책임이 있다고 생각했기 때문에 계속 사양만 할 수가 없었다.

섭종유는 자신이 끝까지 쫓아가서 마무리를 짓지 못한 까닭에 다시 세력을 모을 수 있었던 것이다.

등무칠은 소갑의 갑장 출신이라고 했다.

소갑의 갑장은 총갑에서 임명하니 진평과 무관하다고 할 수도 있지만, 총소갑 제도 자체를 제안하고 총갑 임명 권한을 구재원에게 맡긴 책임을 완전히 배제할 수는 없었다.

그리고 마지막으로 진감호.

그는 어떻게든 자신이 해결해야 할 문제였다.

황제는 주변을 물리친 후 진평을 가까이 불렀다.

"그대가 관직에 얽매이고 싶어 하지 않는다는 사실은 과인도 잘 알고 있네. 허나 병부상서의 일이 과중하니 그쪽 일을 맡길 사람이 자네밖에는 없네."

진평은 그 고충을 이해했다.

"신명을 바치겠사옵니다."

황제는 기뻐했다.

"그 일을 완수하려면 필요한 게 무엇인가?"

진평은 잠시 생각했다.

반란군을 제압하려면 무엇보다도 병력이 필요했다.

그러나 지금은 경사를 지키기에도 군사가 모자란 판국이었다. 반란 토벌의 중임을 자신에게 맡기는 것도 보통 사람들과는 다른 해결책을 기대하기 때문일 것이었다.

진평이 몇 가지를 고려한 후 대답했다.

"인사권을 주십시오."

황제는 고개를 끄덕였다.

"원하는 문무관원을 자유롭게 임명할 수 있도록 권한을 주지. 내가 직접 군령장을 쓰고 옥새를 찍어 주겠네. 그리고 문서 처리할 관원까지 따로 붙여 주도록 하지."

"황은이 망극하옵니다."

황제가 약간 걱정스런 표정으로 물었다.

"그것만 가지고 되겠는가? 군자금은 얼마나 필요한가?"

진평은 그것 역시 요청할 수 없었다.

이전 황제와 왕진이 오십만이라는 대군을 움직이기 위해 어마어마한 돈을 썼음을 알기 때문이었다. 압류한 왕진의 재산이 엄청나다는 얘기는 들었지만, 경사를 지킬 군대를 유지하는 데도 거액의 자금이 필요할 것이었다.

"군량은 제가 어떻게든 대 보겠습니다."

나라를 위해 본혈방이 모은 재물을 써야 할 때가 왔다는 게 진평의 생각이었다.

황제는 거듭 미안한 마음이 들었다.

"힘든 일을 맡기고 지원도 해 주지 못하니 체면이 서지 않는군. 다른 아무것이라도 내게 부탁할 일이 없나?"

진평은 잠시 생각한 후 물었다.

"황상의 가신 중에 구씨 성을 가진 사람을 혹시 기억하십니까?"

황제는 고개를 끄덕였다.

"항주 출신으로 한 명 있지."

"그에게 맞는 벼슬이 주어졌으면 좋겠습니다."

황제가 미소 지었다.

"그와는 어떤 사이인가?"

"제 의형의 아들입니다."

황제는 흔쾌히 고개를 끄덕였다.

"알았네. 그의 능력에 합당한 자리를 주도록 하겠네."

"망극하옵니다."

그렇게 황궁을 나온 진평은 곧바로 장군부에 들러 일행에게 전후 사정을 얘기해 준 뒤 짐을 싸도록 했다.

홍패가 물었다.

"무림맹에 전갈을 보낼까요?"

"아니. 그들은 복건으로 가지 않는다. 강 건너에 오이라트의 대군이 있으니까 소림사에 남아 있으면서 만약의 사태에 대비해야지."

"예? 그럼 우리는 누구와 함께 싸우나요?"

"수로맹, 석위, 그리고 현지의 관군을 동원할 것이다."

진평이 인사권을 청한 이유는 바로 그것 때문이었다.

지난번에 우겸이 토벌군을 지휘할 때 지방관들이 얼마나 비협조적이었는지 잘 봤기 때문에 그들이 가장 두려워하는 것을 쥐고 흔들 필요가 있다고 생각했다.

다음 날 아침 일찍.

장군 유취와 어사 정선이 백여 명의 병사들과 함께 장군부로 찾아왔다.

그들이 이번 출정에 진평을 도울 사람들이었다.

이미 맹세를 하고 거사를 함께했던 사이이기 때문에 동행하는 데 아무 문제도 없었다.

두 사람의 얼굴 표정은 밝지 않았다.

함께 가는 병사가 너무 적었기 때문이다.

그들로서는 그저 진평의 능력을 믿는 수밖에 없었다.

함께 배를 타고 운하를 따라 내려가면서 진평은 두 사람에게 따로 얘기했다.

"이번 출정에 나는 없는 사람으로 생각하십시오."

"예? 그게 무슨 말씀이십니까?"

"전면에 나서는 일과 문서에 기록되는 일들을 모두 두 분의 이름만으로 하라는 겁니다."

"그럴 수는 없습니다."

"책임질 일이 발생한다면 내 이름을 적겠습니다. 하지만 그 외의 경우엔 내 뜻을 따라 주십시오."

책임은 지겠다고 하니 유취와 정선 입장에선 명령에 따르지 않을 수 없었다.

진평이 자신의 존재를 숨기려 하는 것은 진감호 때문이었다. 자신이 관직을 가지게 되었다는 사실을 알면 모처럼 고개를 내민 진감호가 더 깊이 숨어 버릴 수도 있기 때문에 자신의 노출을 최소화하려는 것이었다.

제5장
첨도어사

　일행은 항주에 도착했다.

　진평은 유취, 정선 등과 함께 석위를 찾아가 만났다.

　석위는 관리를 꺼리고 싫어했다.

　그리고 가식 없는 성품이라 자신의 속마음을 얼굴에 고스란히 드러냈다.

　진평은 세 사람이 맹세를 하고 지화사 습격한 얘기를 들려주었다.

　그제야 석위의 얼굴에 웃음기가 돌아왔다.

　"이제 보니 관복만 입었을 뿐, 속은 우리와 같은 친구들이었군! 환영하오."

　그리고는 좋은 술을 동이째 내왔다.

유취와 정선은 기쁜 마음으로 석위와 대작했다.

석위는 술을 마시면서 동악율과 있었던 일들을 진평에게 모두 얘기해 주었다.

"소문이 사실이었군."

진평은 왠지 모르게 아쉽다는 생각이 들었다.

동악율은 비록 편이 갈리긴 했지만 무학의 측면에서 보자면 충분히 존경할 만한 인물이었다.

그런 그가 석위의 칼을 빌어 스스로 목숨을 끊은 것은 참으로 안타까운 일이 아닐 수 없었다.

술이 어느 정도 돌자 진평이 석위에게 말했다.

"부탁 한 가지만 해도 될까?"

"열 개, 백 개를 해도 상관없지. 뭔데?"

"섭종유와 등무칠과 진감호."

이름 세 개를 나열했을 뿐이지만 석위는 진평이 무슨 말을 하는지 알아차렸다.

"후후…… 안 그래도 그 얘기가 나올 줄 알았지. 복건 땅이 어지러운 건 나도 마음에 안 드니까 지금부터 나와 내 제자들 모두를 네 마음대로 쓰도록 해."

석위가 애당초 청년들을 규합한 것은 왜구를 소탕하기 위해서였다. 반란군은 왜구는 아니지만 백성을 괴롭힌다는 면에서는 똑같았다. 진평의 목적이 그들을 제압하는 것이라면 기꺼이 힘을 더할 준비가 되어 있었다.

하룻낮과 밤을 꼬박 술로 보낸 진평은 석위, 유취, 정선 등과 함께 수로맹의 거처로 갔다.

곽예걸은 진평과 홍패, 설가영 등을 반가이 맞았다.

그러나 유취와 정선에 대해서는 석위 이상으로 경계감을 드러냈다.

수적이란 본래 관(官)과 대치할 수밖에 없는데 곽예걸은 수로맹 전체를 이끄는 수장이었다.

고위 관료를 꺼리는 게 당연했다.

진평이 자초지종을 얘기했다.

"형님, 사실 이 두 사람은 제 명령을 듣습니다."

"그게 무슨 소리인가?"

"실은 제가 복건 민란 토벌의 책임을 맡게 되었습니다."

황제가 자신을 첨도어사에 임명한 얘기를 하자 비로소 곽예걸의 표정이 풀렸다.

"이제 보니 난 정말 대단한 아우를 두었군. 하하하!"

조정 대신을 제외하고 황제와 알고 지내는 사람이 천하에 과연 몇 명이나 있겠는가.

곽예걸은 유취와 정선을 편하게 대하고 그들에게 손수 술도 따라 주었다.

수적과 관군이 어울릴 수 없는 것은 여전하지만, 관군의 수장이 진평이라면 얘기가 달랐다.

진평의 부하들에겐 부담을 가질 이유가 없는 것이다.

진평이 곽예걸에게 물었다.

"진전은 좀 있으셨습니까?"

"없었네. 단 한 명도 잡지 못했어."

곽예걸은 그동안 진감호의 숨어 있는 병력들을 찾아다니며 격퇴하는 데 많은 시간과 노력을 기울였다.

그러나 정작 목표로 삼은 모산파 도사는 단 한 명도 잡지 못했다.

그래서 내심 한계를 느끼는 중이었다.

진평이 그에게 부탁했다.

"이번 복건의 반란을 진압하는 데 도움을 좀 주십시오."

"글쎄……. 우리가 무슨 일을 할 수 있을지 모르겠네."

곽예걸이 조심스러워하는 이유를 진평은 알고 있었다.

수로맹은 반란군과 피를 흘리며 싸운다고 해도 조정에 바랄 게 없었다.

조정에서 공로를 인정하여 죄를 사면해 준다고 해도 수로맹 식구들은 관직에 나가기보다 마음 내키는 대로 장강을 누비며 수적질하는 쪽을 더 선호할 터였다.

진평이 말했다.

"제가 수로맹에 부탁하고 싶은 바는 싸움에 참가해 달라는 것이 아닙니다."

"그렇다면 무엇인가?"

"군량과 치중의 운반을 도와주십시오. 그리고 반군이

수로로 이동하는 경우에 그들을 차단해 주십시오."

곽예걸의 얼굴에 미소가 돌아왔다.

"그런 일이라면 얼마든지 해 줄 수 있지."

개인적으로 모산파 도사들을 잡아 모조리 죽이기 전에는 복건을 떠나지 않기로 맹세한 곽예걸이기에 모든 수로를 장악하고 감시하는 일은 이미 하고 있었다.

진평이 원하는 것은 거기에 약간의 수고를 더하는 정도인데, 그쯤은 얼마든지 해 줄 수 있었다.

수로맹 입장에선 별일이 아니라고 해도 관군 입장에선 전략적으로 몹시 중요한 의미가 있었다.

복건 땅 구석구석 뻗어 있는 수로를 장악하는 일은 말할 수 없을 만큼 유리한 고지를 선점하는 것이었다.

유취와 정선은 진평의 인맥에 감탄하는 한편, 이번 출정에 대한 희망과 기대감도 가지게 되었다.

곽예걸과 다시 꼬박 하루를 술로 보낸 진평 일행은 수로맹에서 내어준 배를 타고 방안산으로 향했다.

가면서 보니 복건의 강과 시내는 이미 수로맹의 것이나 마찬가지였다.

본래 복건에도 물길을 지배하는 상단과 군소 수적 세력들이 있었다. 그런데 수로맹이 진입해 들어오면서 양측의 충돌은 불가피했다.

그 과정에 곽예걸이 수완을 발휘했다.

장강을 주름잡던 수로맹의 대선단으로 그들을 누르고 깨부수는 일쯤은 어렵지 않았다.

　그 사실은 복건의 군소세력들 역시 잘 알고 있었다.

　곽예걸은 우선 수로맹의 선단을 집중적으로 운용하여 위력 시위를 한 차례 했다.

　그리고 그들을 개별적으로 접촉하여 우호적인 흡수합병을 종용했다. 그들의 이익과 권리를 상당 부분 인정해 주는 제안이었기 때문에 겁에 질려 있던 군소방파들을 옳다구나 하고 수로맹에 투신했다.

　그 결과에 대해 수로맹 채주들 중엔 불만을 얘기하는 이도 있었다. 힘에서 압도적으로 차이가 나는데 복건 세력의 권익을 필요 이상으로 챙겨 주었다는 것이다.

　그러나 곽예걸은 애당초 수로맹의 힘이 복건에까지 미치기 어렵다는 사실을 알고 있었다.

　물길로 다 이어져 있다고는 해도 거리가 상당히 멀고, 수심이 깊지 않은 지류들을 지나야 하는 등 제한요인이 많았던 것이다.

　지금은 자신의 복수 때문에 수로맹의 주력이 이곳에 와 있지만, 언제라도 장강으로 귀환하고 나면 이곳은 다시 군소세력들의 각축장으로 탈바꿈할 것이었다.

　그럴 바에는 이익을 적게 보더라도 그들의 적극적인 지지와 충성심을 이끌어내는 편이 장기적으로 더 유리하다는 게 곽예걸의 판단이었다.

그 덕분에 수로맹은 복건의 물길을 단기간에 완전히 장악할 수 있었다.

장강의 수적들이 아무리 배를 잘 다루어도 숨겨진 수로를 현지의 뱃사람보다 잘 알 수는 없기 마련인데, 그들과 싸우지 않고 손을 잡음으로써 계절 따라 변하는 모든 뱃길을 훤히 알게 된 것이다.

방안산에 도착한 진평은 장해의 군영으로 찾아갔다.

장해는 첨도어사라는 상관이 되어 돌아온 진평에게 정중히 군례를 올린 후 그동안 자신이 수집한 정보를 빠짐없이 보고했다.

"으음……."

진평은 자기도 모르게 심호흡을 한 차례 했다.

상황이 예상보다 훨씬 심각했기 때문이다.

강서로 달아날 때는 금방이라도 흩어져 버릴 것 같았던 섭종유의 무리가 지금은 등무칠과 합치면서 처음 봉기했을 때보다 더 큰 규모가 되어 있었다.

장해가 머리를 조아렸다.

"죄송합니다."

"그대의 불찰이 아닙니다."

진평은 장해를 책망하지 않았다.

오이라트로 인해 어지러워진 천하 정세가 이곳에까지 영

향을 미쳤다고 보는 게 옳았다.

섭종유보다도 등무칠이라는 새로운 반군 수괴가 더 큰 골칫거리였다.

진평은 등무칠에 관계된 문서들을 모두 읽어 보았다.

그는 섭종유, 진감호처럼 주씨를 끌어내리고 자기가 황제가 되겠다는 게 아니었다.

왜 지주는 일을 안 하는데도 늘 배가 부르고, 소작인들은 그들을 위해 착취당하느냐를 따지다가 반란군을 이끌게 된 것이었다.

진평은 문서 두루마리들을 내려놓으며 한숨을 내쉬었다.

등무칠의 주장엔 공감 가는 부분이 많았다.

심정적으로는 그를 만나 술이라도 한잔 나누고 싶다는 생각이 들었지만, 등무칠의 의도와 상관없이 현재의 천하 정세는 민란을 내버려 둬도 좋을 만큼 한가하지 않았다.

자칫하면 또다시 온 강토가 전쟁터로 변하여 유목민의 말발굽 아래 신음하게 될 수도 있는 상황이었다.

본혈방이 처음 만들어진 의도가 몽골의 압제를 이기고 대송강산을 되찾자는 것이었는데, 자신이 방주인 지금 몽골이 중원 땅에서 활개 치도록 놔둘 수는 없었다.

진평은 반군의 배치를 지속적으로 정찰하고, 각 현의 지현들을 한자리에 모으도록 지시한 뒤 도지휘사를 만나러

갔다.

도지휘사는 진평보다 품계가 높지만 그 직분이 어사이기 때문에 함부로 대하지 못했다.

관청 문밖까지 나와서 맞이하는 것만 보아도 그가 얼마나 부담감을 가지고 있는지 알 수 있는 일이었다.

관아로 들어가 자리를 나누어 앉은 진평은 그에게 군령장과 황제의 친서를 차례로 보여 주었다.

그러자 도지휘사의 태도가 더욱 공손하게 변했다.

첨도어사라고 해서 마중은 나갔지만 속으로는 듣도 보도 못한 새파란 청년의 정체에 대해 궁금하던 참이었는데, 황제의 친서를 보니 권력의 핵심에서 총애를 받는 인물이라는 사실을 금방 알아차릴 수 있었던 것이다.

황제가 바뀐 어수선한 때에 움켜쥘 수 있는 동아줄을 제대로 만난 셈이니 어떻게든 진평에게 줄을 대고 싶은 게 도지휘사의 속마음이었다.

설령 그렇게 되지 못한다 하더라도, 최소한 점수를 잃어서는 안 되었다.

그는 만면에 미소를 머금고 말했다.

"말씀만 하십시오. 제가 할 수 있는 일이라면 무엇이건 신명을 다하겠습니다."

"도지휘사사(都指揮使司)의 병력은 얼마나 됩니까?"

"지난번 오이라트 정벌 때 정예병이 차출되었고, 또 이번

에도 일부가 올라가서 현재 동원 가능한 병력은 삼만을
조금 넘기는 정도입니다."

"삼만이라……."

그것도 정예병은 이미 빠져나가고 군적에 올라 있는 명
목상의 병력이 그렇다는 뜻이었다.

진평뿐만 아니라 유취와 정선의 표정도 어두워졌다.

진평이 도지휘사에게 물었다.

"그들 중 실제 창을 들고 전투에 참가할 수 있는 인원
은 어느 정도라고 보십니까?"

"글쎄요……."

도지휘사는 대답을 망설였다.

그것은 자신이 평소에 도지휘사사를 얼마나 제대로 관
리했는가를 묻는 질문이기도 했기 때문이다.

더구나 묻는 사람이 첨도어사 아닌가.

진평이 차분한 어조로 말했다.

"국난을 맞아 위중한 때에 작은 과(過)는 큰 공(功)으로
얼마든지 덮을 수 있습니다. 하나, 거짓이 섞인다면 문제가
심각해질 수도 있지요."

도지휘사는 식은땀을 흘리며 대답했다.

"예. 병사들의 훈련 상태에는 아무 문제가 없습니다. 하
지만 먼저 경사로 떠난 병력이 좋은 갑주와 무기를 모두
가지고 갔기 때문에 지금 병창에 남은 것으로는 이만 명

정도를 겨우 무장시킬 수 있을 뿐입니다."

설령 나중에 문제가 된다 하더라고 병창을 맡은 하급 관리 한두 명을 도마뱀 꼬리처럼 잘라 내는 것으로 책임을 면할 수 있는 변명이었다.

진평은 속내를 뻔히 들여다보았지만 현재로선 그것을 책망할 마음이 없었다.

"그 이만을 소집하여 훈련을 시작해 주실 수 있겠습니까?"

"물론입니다. 한 달 이내에 최정예병으로 만들어 보이겠습니다."

도지휘사의 호언장담에 진평은 미소를 지으며 말했다.

"황상의 기대가 크십니다."

그 한마디에 도지휘사는 잔뜩 의욕이 고무되었다.

도지휘사와 작별하고 장해의 군영으로 돌아온 진평은 한자리에 모인 지현들에게도 똑같이 군령장과 황제의 친필 서한을 돌려서 읽도록 했다.

그리고 짐짓 자신이 황제의 총애를 듬뿍 받고 있다는 느낌이 드러나도록 말하고 행동했다.

효과는 단번에 나왔다.

각 현의 현령들은 병부 관할인 도지휘사보다 훨씬 더 권력에 대한 욕구, 경사로 발령받고 싶은 욕구가 강했다.

그러다 보니 진평이 군량을 내라 하면 집안의 쌀 창고를 열고, 병사를 내라 하면 가솔들에게까지 창을 쥐어 줄 기세였다. 앞다투어 쏟아 내는 현령들의 충성 경쟁을 모두 들은 후 진평이 입을 열었다.

"우선 여러분의 고을을 지키는 게 가장 중요한 임무입니다. 저마다 운용 가능한 토병을 최대한 끌어모아 훈련시키고, 전령에게 날랜 말을 배정하여 언제라도 이곳과 도지휘사사에 급보를 알릴 수 있도록 준비해야 합니다."

"예! 명심하겠습니다."

진평은 그들 모두와 개별적으로 작별 인사를 나누고 저마다의 현으로 돌려보냈다.

이제 장해의 병력과 도지휘사의 병력, 그리고 각 고을 토병으로 어느 정도 부대 구성을 할 수 있게 된 진평은 장해, 유취, 정선 등과 머리를 모으고 그 효율적인 운용 방안에 대해 숙의를 거듭했다.

가장 큰 문제는 병력이 태부족하다는 점이었다.

가장 훈련 상태가 좋은 것은 장해의 부대였는데 경사로 병력을 차출한 이후 지금 남은 건 일만이 채 안 되었다.

도지휘사의 이만은 이제야 훈련을 시작하는 거나 마찬가지이니 반란군에 비해 나을 게 없었다.

각 현의 토병은 농민들에게 창을 쥐어 준 것뿐이라 더더욱 믿을 수가 없었다.

"저희가 도지휘사사로 가겠습니다."

유취와 정선이 자원하여 훈련을 시키겠다고 나섰다.

현재로선 그것이 전력을 향상시킬 유일한 방법이었다.

도지휘사에도 무관들이 있지만 병부의 인재들이 가서 돕는다면 좀 더 효율적인 훈련이 가능할 수 있었다.

밤이 깊어 숙소로 돌아온 진평은 기린맹의 장계상을 불러들였다.

"찾으셨습니까? 주군."

진평은 그를 맞은편에 앉히고 차를 권한 후 말했다.

"창해횡류(滄海橫流)의 시절이다."

"많은 얘기가 떠돌더군요."

"관직을 되찾고 싶나?"

장계상은 대답하지 않았다.

하지만 속으로는 바라는 바였다.

맹을 결성하여 하나로 뭉쳐 지내는 것은 위협으로부터 자신을 보호하려는 의도도 있지만, 무리를 이루어야 자신들의 장점을 더 잘 발휘하여 새로운 주인 찾기에 유리하다는 이유도 있었다.

무림에서 보자면 절륜한 무공의 소유자이자 화수분의 재력을 지닌 진평보다 더 나은 주인을 찾기는 어려울 것이었다.

하지만 기린맹은 권력으로부터 달아나는 데 지친 사람들의 모임이었다. 관직으로 돌아간다는 것은 그 고통으로부터 해방됨을 의미했다.

진평이 다시 말했다.

"너와 네 동료들을 임시로 교두와 교리에 임명하겠다. 그리고 이곳의 반란과 장성을 넘어온 오이라트 문제가 모두 잘 끝나면 네게 첨사(僉使) 벼슬을 주겠다."

"저, 정말이십니까?"

진평은 고개를 끄덕였다.

자기가 가진 인사권의 최고 품계였다.

그동안 기린맹이 해 준 일들을 생각하면 그 정도 보답은 해 줘도 된다는 생각이었다.

그리고 당장 장해와 도지휘사와 각 지현들이 보유한 병력을 유기적으로 지휘하려면 수족처럼 부릴 수 있는 전령들이 필요했다.

기린맹이 적격인데, 그들에게 관직이 없으면 령(令)이 전달되기 어려웠다.

"감사합니다!"

장계상은 감격하여 연신 머리를 조아렸다.

왕진이 죽고 동창도 바뀌게 되었지만, 다른 환관이 동창을 장악해도 기린맹의 처지는 달라질 게 없었다.

그런데 진평이 길을 열어 주려 하는 것이다.

진평은 손을 내저었다.

"아직 해야 할 일이 많다."

"맡겨 주십시오!"

반란군을 제압하고 오이라트를 내쫓는 것은 절대로 쉽게 이룰 수 있는 일이 아니었다.

그래도 장계상 입장에선 고맙기 짝이 없었다.

양지로 나갈 희망을 품게 되었기 때문이다.

                    *   *   *

진평의 계획은 착착 진행되었다.

각 부대의 수장들을 만난 이후에는 모든 일을 장해와 정선, 유취 등이 나서서 하도록 했는데 그들의 일 처리 솜씨는 진평의 기대 이상이었다.

그들이 병사를 훈련시키는 동안 진평은 새롭게 만들어진 총소갑의 갑장들을 일일이 찾아다니며 협조를 구했다.

갑장들은 얼마 전까지만 해도 무림맹 소속이었기 때문에 호림공 진평에 대해 잘 알고 있었다.

마교 교주를 두 번이나 쓰러트린 절세고수.

거기다가 지금은 황제가 된 성왕과도 개인적으로 친분이 있다고 알려져 있었기 때문에 진평이 자신의 관직을 밝히거나 황제의 친서를 보여 주지 않아도 다들 호의적으로 협조 약속을 했다.

반란군은 갑장이 된 그들에게도 큰 문제였기 때문이다.

진평은 그들로 따로 묶어 부대를 구성하기로 했다.

뇌전대가 없는 지금, 그들이라도 도와준다면 큰 보탬이 될 것이었다.

그러나 모든 일이 다 뜻대로 진행되는 것은 아니었다.

영안현(永安縣)에서 반군이 대대적으로 습격했다는 급보가 전해져 온 것이다.

장해의 군영에서 즉시 긴급회의가 열렸다.

진평은 지도를 보며 고민에 빠졌다.

영안현은 현재 장해의 주둔지 후방이었다.

'이것은 유인 전술이다.'

진평이 이번 습격을 우발적이라고 보지 않는 이유는 영안현의 위치가 장해의 부대와 도지휘사사의 딱 중간이라는 점 때문이었다.

뭔가 의도를 가진 공격이 분명했다.

장해가 당황한 표정으로 말했다.

"분명 요처마다 정찰병을 세워 두었는데 적이 어떻게 배후로 돌아갔는지 모르겠습니다."

자신의 책임이라고 생각하는 것이었다.

진평이 말했다.

"관군 안에 적에 협조하는 자들이 많다고 봐야 합니다."

"예? 설마 그럴 리가요."

"반도들도 근본을 따지고 보면 모두 이 땅에서 농사짓던 백성들입니다. 관군도 이곳 출신이 대부분이고요. 결국 부자(父子)와 형제가 반군과 관군으로 나뉜 경우도 많이 있지 않겠습니까?"

장해는 진평이 지적한 바를 인정하지 않을 수 없었다.

"그렇다면 우리의 병력 배치와 훈련 상황도 적이 모두 알고 있다고 봐야겠군요."

"그렇습니다."

유취와 정선의 표정도 어두워졌다.

관군 중에 양다리 걸치는 자들이 있다는 것은 반군의 승리를 예상하는 공감대가 그만큼 널리 퍼져 있다는 뜻으로 해석할 수 있기 때문이었다.

진평은 지도를 가리키며 말했다.

"이곳에 군영을 새로 세웁시다."

그가 가리키는 지점은 한참 후방으로, 영안현에서도 이십 리가량 떨어진 벌판이었다.

장해가 의아한 표정을 지었다.

"영안현을 구원하러 가는 게 아닙니까?"

"지금 우리의 전력으로 그리했다가는 앞뒤로 적을 맞을 경우 몹시 위험해질 수 있습니다."

"그렇다면 이곳을 지키는 게 더 낫지 않겠습니까? 군영을 뒤로 물리면 이제까지 우리가 지켜 주던 정주(汀州) 저화(宁化), 청류(清流), 요성(遙城)의 네 개 현이 모두 반군의 수중에 떨어지고 말 것입니다."

진평은 고개를 가로저었다.

"그것은 안타까운 일입니다. 하지만 지금 우리는 전력을 보전해야 합니다. 각 현의 운명은 현령과 토병들에게 맡길 수밖에 없습니다."

진평도 그러고 싶지는 않았다.

하지만 지금 반란군이 보이는 움직임은 예전과 달랐다.

섭종유는 성정이 포악한 자라 진감호마저도 그의 모사 되기를 거부하고 갈라선 바 있었다.

지금처럼 관군 진영 한가운데를 치고 양동작전을 노리는 식의 전략 운용은 섭종유의 머리에서 나올 수 있는 게 아니었다. 그가 투신한 등무칠의 진영에 제대로 된 책략가가 있다고 보는 게 옳았다.

상대가 병력도 많고 전략까지 갖추고 있다면 이쪽에서 선택할 수 있는 길은 많지 않았다.

죽을힘을 다해 끝까지 한 명이라도 더 살리려고 분전하다가 옥쇄하는 것과, 매정하더라도 전력을 온존하면서 반격의 기회를 노리는 것. 둘 중 하나라고 할 수 있었다.

진평은 그중 후자를 택한 것이다.

네 개 현을 반군 손에 넘긴다는 게 안타깝긴 했지만 대

국적 견지에서 보면 그나마 지금 보유한 병력을 잃을 경우 네 개가 아닌 사십 개 현이 반군 손에 넘어갈 수도 있었다.

장해도 결국 진평의 냉정한 결정 밑바탕에 깔린 고뇌를 이해하게 되었다.

철군은 느리고도 신중하게 이루어졌다.

관군이 안사진(安砂津)에 이르렀을 때 척후로부터 보고가 들어왔다.

도처에 숨어 있는 반란군에 대한 보고였다.

만약 관군이 병력을 우회하지 않고 곧장 영안현으로 달려갔더라면 뒤를 추격당했음직한 위치마다 어김없이 반군의 매복이 도사리고 있었던 것이다.

장해와 유취, 정선 등은 가슴을 쓸어내리며 진평의 선견지명에 감탄했다.

진평은 가슴이 답답했다. 적의 준비가 생각보다 훨씬 탄탄함을 확인하고 부담감을 느낀 것이다.

관군은 영안현과는 멀찍이 떨어진 곳에 군영을 세웠고, 영안현까지 이르는 경로 곳곳에 숨겨져 있던 매복은 모두 무위로 돌아가고 말았다.

도지휘사사에서도 진평의 명령에 따라 병력이 출발하지 않았기 때문에 피해는 없었다.

대신 영안현을 비롯한 정주형, 저화현, 청류현, 요성현의 다섯 개 현이 한꺼번에 반군 수중에 떨어지게 되었다.

반란군은 한껏 기세를 올렸고 민심은 흉흉하게 변했다.

반란군이 쳐들어오는 동안 관군은 도망만 다녔다는 소문이 퍼진 것이다.

다섯 개 현을 장악한 반군은 그곳을 거점으로 삼아 이웃 현들을 치기 시작했다.

그래도 움직이지 않겠느냐고 관군을 도발하는 것이었다.

각 현에서 구원을 청하는 전령들이 끊이지 않고 도지휘사사와 장해의 진영으로 달려왔지만 진평은 응전을 허락하지 않았다.

보다 못한 설가영이 말했다.

"형님, 저들이 애타게 구원을 청하는데 어째서 병력을 보내지 않으시는 거죠?"

"우리의 전력이 아직 부족해."

"하지만 수많은 백성이 반군의 말발굽에 짓밟히는 게 불쌍하지도 않으세요?"

설가영은 장해나 유취, 정선처럼 전략적 필요성을 중시하는 사람이 아니었다.

들려오는 소문에 감정적으로 먼저 반응했다.

진평은 그녀에게 차분하게 설명해 주었다.

"우리의 임무는 반란을 제압하는 거야."

"알아요. 그러니까 싸워야죠."

"현재 우리의 전력으로는 그들의 상대가 될 수 없어."

"그러면 나중엔 되나요?"

"나중엔 가능하지."

설가영은 이해할 수 없었다.

"어떻게 그럴 수 있죠? 저들의 힘은 점점 커져 가고, 우리의 병력은 그대로인데."

"저들은 넓게 퍼지면서 점점 성겨지게 될 거야. 우리는 작더라도 단단함을 유지할 것이고."

설가영은 뭔가 알 것 같았다.

관군과 오이라트의 요아령 전투에서도 비슷한 일이 일어났었다.

관군은 오십만이라는 대병력을 자랑했지만 고작 이만의 오이라트 기병에게 갈가리 찢긴 바 있었다.

진평도 그런 기회를 노리는 게 분명했다.

하지만 설가영으로서는 여전히 불만을 잠재울 수 없었다.

"하지만 형님, 반란군에 약탈당할 백성들을 생각하면 너무 가슴이 아파요. 그들을 구할 방법이 없을까요?"

"너무 걱정하지 마."

설가영은 진평이 너무 차갑고 무관심하게 반응한다고 생각했다. 적어도 그녀가 아는 진평은 늘 백성들의 안전을 우선시하는 사람인데 아무래도 이상했다.

그녀가 잠시 생각한 후 진평에게 물었다.

"반란군이 주민들을 괴롭히지 않을 거라고 보시는 건가요?"

진평은 고개를 끄덕인 후 되물었다.

"반란군이 현성을 점령하면 무엇부터 먼저 할까?"

"그야, 관아를 점령하고 현령과 관리들을 죽이겠죠."

"그다음엔?"

"창고를 열고 재물과 양식을 챙기겠죠."

"산적이나 수적이라면 그걸 챙겨서 자기네 소굴로 돌아가겠지. 몽골 병사들이라면 주민들을 재미로 죽일 수도 있을 것이고. 하지만 반란군은 달라. 그들은 바로 이 땅의 백성들이었고, 앞으로도 이 땅에서 살아가고 싶어 하는 자들이야. 이리저리 따지고 보면 다들 일가친척이라고 할 수 있는 주민들을 상대로 함부로 하기는 어려워. 그 수장들도 천하에 뜻을 두었다면 주민들을 함부로 대할 수 없지."

설가영은 서찰들이 가득 든 가방을 가리키며 물었다.

"그럼 위급을 알리는 저 전문들은 뭐죠?"

"처음에도 얘기했다시피, 현령과 관리들은 목숨을 잃을 가능성이 커. 그러니 반군의 흉포함을 과장하고 자신들의 처지는 더 위급하게 묘사하는 거지."

설가영이 다시 물었다.

"형님은 일전에 현령들을 모아 놓고 각자의 고을을 잘

지키라고 하셨잖아요."

"그랬었지."

"그럼 그들이 죽지 않도록 지켜 줘야 하는 것 아닌가
요?"

진평의 대답은 냉정했다.

"그동안 나라의 녹을 먹었으면 마땅히 자기 고을도 스
스로 지켜야지."

"그럼 애당초 각 현의 토병들은 적의 전력을 분산시키는
데 소모되고 말 것으로 보신 건가요?"

"소모된다기보다는 상황이 나쁘다고 판단될 경우 반란
군 쪽으로 가세할 가능성이 더 크지."

설가영은 진평이 복건 땅의 주민 전체를 반란군으로 보
는 것은 아닌가 하고 생각했다.

진평의 말이 이어졌다.

"반대로 관군이 이길 것 같으면 그들은 다시 우리 편에
붙을 거야. 그들을 돌아서게 만들 수 있느냐 하는 것이 성
패를 가늠하는 기준이 될 거야."

설가영은 진평이 처한 상황을 확실히 알게 되었다.

계속 맞으면서도 비수 한 자루를 가슴에 품고 반격할
기회를 노리는 느낌이었다.

지금은 오로지 칼날을 날카롭게 벼리면서 회심의 일격을
노릴 뿐, 몸통이 아프고 팔다리에 상처가 나는 걸 돌아볼

겨를이 없는 것이다.

설가영은 지도 앞으로 갔다.

그리고 한참을 들여다보다가 진평에게 물었다.

"형님 생각에 우리가 끝까지 버텨야 하는 전선의 끝자락을 어디라고 보세요?"

"글쎄……."

진평도 지도 앞에 나란히 섰다.

그리고 한 지점을 가리켰다.

"아무래도 이곳 남평현(南平縣)을 빼앗기면 이 전쟁은 힘들어진다고 봐야겠지."

남평은 세 개의 물길이 닿는 전략적 요충지였다.

설가영이 말했다.

"저도 형님을 돕고 싶어요."

"어떻게?"

"남평현의 현성 주변에 기문진을 설치할게요. 그러면 공성전에 투입해야 할 적의 병력이 적어도 두 배는 더 필요하게 될 거예요."

"그거 좋은 생각이군."

그녀의 진법 실력이라면 이미 여러 차례 검증된 바 있었다. 진평은 그녀와 유취, 정선을 도지휘사에게 보냈다.

그리고 병력을 지원하여 남평현 주변의 기문진 설치를 도우라는 서찰을 전하도록 했다.

　　　　　*　　　　*　　　　*

　반군의 기세는 나날이 드높아져 갔다.

　당장이라도 복건 땅을 집어삼키는 것은 물론, 천하를
노리는 것도 가능하다는 얘기가 공공연히 나올 정도였다.

　관군이 지켜보기만 하는 가운데 반군이 점령한 군현의
수가 십여 개로 늘어나자 진평은 서서히 움직이기 시작했
다.

　관군 진영엔 아무런 변화도 없었다.

　안사진과 영안현 사이의 벌판에 단단한 진형을 구축한
채 사방에서 들어오는 구원 요청을 묵살하고 있을 뿐이었
다.

　진평은 은밀하게 따로 병력을 집결시켰다.

　석위와 복운표국의 무사들, 그리고 자신을 돕기로 한
갑장들로 이루어진 총인원 삼백 명 정도의 소규모 부대였
다.

　수가 적다고 무시할 수는 없었다.

　개개인의 무공이 뛰어난 최정예 부대였기 때문이다.

　진평이 노리는 것은 비대하게 확산된 반군의 배후였다.

　빠르게 상대의 뒤로 돌아가 잘 드는 칼로 급소를 찌른
후 적이 돌아서기도 전에 달아나는 전술.

진평이 추구하는 바가 바로 그것이었다.

깊은 밤.

진평과 석위가 이끄는 삼백 명의 무림인들이 십여 척의 배에 나누어 타고 정주현으로 향했다.

그들이 배에서 내린 것은 인시(寅時) 초.

나루에는 두 명의 길잡이가 나와 있었다.

그들은 바로 기린맹 무사들이었다.

그들이 보아둔 목표물은 반군의 군량 창고.

진평과 석위는 부대를 둘로 나누어 각각 창고의 남쪽과 북쪽으로 접근했다. 그리고 자리를 잡은 후 신호에 맞추어 동시에 협공을 가했다.

"적이다!"

"경보를 올려라!"

창고를 지키던 반군은 고함을 지르며 저항했지만 상대는 일반 병사가 아닌 무림인들이었다.

특히나 진평과 석위의 돌진에는 제대로 손 한 번 써보지 못한 채 당할 수밖에 없었다.

그렇게 경비병들이 제압당하고 창고가 불타는 데까지 걸린 시간은 채 일각도 되지 않았다.

배에 싣고 온 어유(魚油) 항아리가 불타는 창고 벽에 날아가 깨지면서 불길은 점점 더 거세게 타올랐고, 군량도 잿더미가 될 수밖에 없었다.

불길을 본 반군 진영에서는 병사들이 소리를 지르며 불을 *끄기* 위해 몰려왔다. 그러나 그들은 진평과 석위 일행에게 목숨을 잃을 수밖에 없었다.

창고가 전소될 때까지 반군의 접근을 차단하던 진평과 석위는 유유히 물러나 배를 타고 현장을 떠났다.

반군 진영은 발칵 뒤집혔다.

승리감에 도취되어 있다가 제대로 한 방 맞은 것이다.

놀라운 사실은 그 일이 다음 날에도 똑같이 일어났다는 것이었다. 장소만 바뀌었을 뿐, 동일한 수법이었고 피해 상황도 비슷했다.

섭종유와 등무칠, 그리고 장복성(蔣福成) 세 사람은 한자리에 모여 대책을 숙의했다.

장복성은 유계현에서 반란을 일으켰다가 등무칠의 부하가 된 사람으로, 세 사람 중 가장 나이가 많았다.

유생 출신이지만 벼슬에는 나가지 못하고 마을 학당에서 아이들을 가르치다가 뜻한 바 있어 반란에 가담했는데, 비록 관리가 되지는 못했지만 수많은 병법서를 읽어서 반란군의 실질적인 군사 역할을 맡고 있었다.

섭종유가 탁자를 내리치며 분노했다.

"도대체 어떤 쥐새끼들이 내 군량에 불을 지르고 돌아다니는 것인가! 이놈들을 잡기만 하면 그냥……."

등무칠이 말했다.

"진정하십시오."

그는 얼굴이 넙데데하고 체격도 섭종유보다 컸다.

무공 또한 고강해서 평소 난폭한 성질인 섭종유도 그의 앞에서는 함부로 행동하지 못했다.

등무칠의 세력이 훨씬 크다는 이유도 있지만, 사람 자체로도 위축이 되었던 것이다.

섭종유가 다소 가라앉은 어조로 투덜거렸다.

"지금 진정하게 됐습니까? 범인이 누구인지조차 모르고 있는데……."

장복성이 말했다.

"관군 진영에 우리가 파악하지 못한 누군가가 있는 게 분명합니다."

섭종유는 코웃음을 쳤다.

"흥! 도망이나 치는 관군 놈들은 두렵지 않소."

장복성이 신중한 어조로 말했다.

"어쩌면 우리의 세력 확장을 잠시 중지해야 할지도 모르겠습니다."

섭종유가 버럭 고함을 질렀다.

"그게 무슨 못난 소리요? 고작 창고에 불 한 번 났다고 움츠리잔 말이오? 난 그렇게 할 수 없소."

장복성은 등무칠을 보았다.

그의 의견을 묻는 것이었다.

등무칠은 난감한 표정으로 어깨를 한 번 으쓱했다.

섭종유가 계속하겠다면 자신도 멈출 수 없다는 뜻이었다.

지금은 손을 잡고 함께 세력을 키우고 있지만 엄밀히 따지자면 양대 세력은 서로 경쟁 관계라 할 수 있었다.

지금은 등무칠이 대왕을 칭하고 섭종유는 그 아래 몸을 의탁한 형태를 취하고는 있지만, 호형(呼兄)할 뿐 군신 관계를 맺은 것은 아니었다.

누가 더 많은 현을 점령하느냐에 따라 나중에는 세력의 대소가 바뀔 수도 있었다.

장복성이 섭종유에게 말했다.

"고작 불 한 번 난 게 아닙니다. 잘 생각해 보십시오. 저들은 첫날에 우리의 군량이 가장 많이 쌓인 창고를 태웠고, 어제 새벽에는 두 번째로 많은 군량 창고를 태웠습니다. 이게 우연이라고 보십니까?"

"우연이 아니면……. 적의 세작들이 우리 진영에 들어와 있기라도 할 거란 말이오?"

장복성은 고개를 끄덕였다.

"분명히 그럴 것입니다. 그렇지 않다면 이런 식의 목표 설정은 불가능합니다."

섭종유가 흥분이 가라앉은 어조로 물었다.

"우리의 군량고가 수십 개가 넘는데, 그것들을 어찌 다

파악하고 가장 큰 창고를 가려낼 수 있단 말이오?"

"그러니까 단순한 세작들만 있는 게 아니라 그들이 모은 정보를 분석할 능력까지 있다고 봐야겠지요."

"설마……."

"설마가 아닙니다. 그들의 솜씨가 예사롭지 않습니다. 필경 빼어난 고수들로 이루어진 집단이 분명합니다."

등무칠이 물었다.

"고수라면…… 갑장들이 힘을 합쳤을까요?"

"현재로선 그렇게 볼 수밖에 없습니다. 무림맹의 뇌전대라면 비슷한 움직임이 가능하겠지만, 그들은 지금 오이라트를 견제하느라 이쪽으로는 눈 돌릴 틈이 없을 테니 제외시켜야 되겠지요."

등무칠이 입맛을 다셨다.

"우리 기밀을 속속들이 파악해 내는 무림고수들이라……."

아무리 병력이 많다고 해도 그것은 여간 껄끄러운 일이 아니었다.

장복성이 말했다.

"그뿐이 아닙니다. 한 가지가 더 있습니다."

"그게 무엇이오?"

"그들의 신출귀몰한 움직임입니다. 군량고가 불탄 후 적의 퇴로를 차단하려고 사방의 길을 모두 막았지만 감쪽

같이 사라졌다는 보고가 올라와 있습니다."

"어떻게 그런 일이 가능하단 말이오?"

등무칠의 질문에 장복성이 잠시 사이를 두고 대답했다.

"제 생각엔 수로맹과 손을 잡은 것 같습니다."

"수로맹?"

"예. 그들은 무슨 연유에서인지 대규모 선단으로 복건에 들어온 후 돌아가지 않고 있습니다. 장강과 비교하면 물류의 양이 극히 적은 수로인데 말입니다. 지금은 복건의 모든 뱃길이 그들의 지배하에 있다고 들었습니다."

등무칠은 천천히 고개를 끄덕였다.

"과연 그들과 손을 잡았다면 원하는 곳 어디라도 빠르게 오갈 수 있겠군요."

"그렇습니다."

장복성의 추측은 정확했다.

진평과 석위가 연달아 군량고를 태울 수 있었던 것은 장계상의 기린맹이 반군의 정보를 낱낱이 수집하고, 수로맹이 빠른 발이 되어 주었기 때문에 가능한 일이었다.

등무칠이 물었다.

"적이 그 정도로 준비를 했다면 두 번의 습격으로 끝나지는 않을 것 같소만……."

"제가 걱정하는 바도 바로 그것입니다. 지금 우리는 어느 때보다 넓은 세력권을 가지게 되었지만, 바꾸어 말하자면 지켜야 할 곳도 많아졌다는 뜻입니다. 반대로 관군은 지난번에 영안현을 구원하지 않고 철군한 후 계속되는 다른 현의 요청에도 꼼짝 않고 있습니다."

"그거야 그들이 이길 자신이 없으니까 겁을 먹고 숨는 것 아니겠소?"

"꼭 그렇게만 생각할 수도 없습니다. 만약 지금이라도 그들이 반격을 해 온다면 어쩌시겠습니까? 우리는 흩어진 병력을 집결시켜야 합니다. 즉, 많은 점령지가 장기적으로 득이 될 것은 분명하지만 단기적으로는 집중력을 떨어트립니다. 그래서 확장을 자제해야 한다고 말씀드린 것입니다."

등무칠은 섭종유를 바라보았다.

이래도 계속 고집을 부리겠냐고 묻는 눈빛이었다.

섭종유는 못마땅한 표정으로 생각에 잠겼다가 말했다.

"고작 창고 몇 채 탄다고 해서 물러선다는 것은 말도 되지 않소. 뭔가 다른 방책은 없소?"

장복성이 대답했다.

"그렇다면 길은 하나뿐입니다."

섭종유와 등무칠이 동시에 상체를 장복성 쪽으로 기울였다.

"말씀해 보시오."

"등 뒤에서 행해지는 손실들을 무시하고 싶다면 그보다

훨씬 큰 전과를 올리면 됩니다."

"어떻게 말이오?"

"관군이 반격해 오기 전에 우리가 먼저 총공격을 가해 무너뜨리는 것입니다."

섭종유가 웃으며 말했다.

"내가 원하는 게 바로 그것이오. 하하하……!"

물러설 수 없다면 상대보다 더 강한 타격을 입히면 되는 것이다. 등무칠도 그 의견에 동조했고, 두 사람은 즉시 출병 준비를 명했다.

목표는 안사진에 주둔한 관군이었다.

그날 밤에도 반란군의 군량고 하나가 불탔다.

섭종유와 등무칠은 보고를 받았지만 그것을 무시하고 군대를 출정시켜 영안현으로 향했다.

그곳에서 일단 숨을 돌리고 전열을 가다듬은 후 전격적인 공격을 가한다는 계획이었다.

반군의 병력 이동은 진평에게도 보고되었다.

석위가 진평에게 물었다.

"저들이 장해의 진영을 친다면 돌아가 봐야 하지 않나?"

"아니. 우리는 따로 움직인다."

반군은 관군이 가장 원치 않는 상황으로 전쟁을 몰아가고 있었다.

그렇다면 이쪽도 그들이 가장 싫어하는 일을 계속해야
할 필요가 있었다.

　진평은 장계상을 불러 반군의 주요 목표들을 다시 확
인하도록 했다.

　대규모 병력 이동이 있었으니 군량과 치중도 따라 움직
일 거라고 본 것이다.

　진평은 갑장과 복운표국 무사들 모두 배에 승선하여
조사가 끝날 때까지 편안히 휴식을 취하도록 했다.

　반군의 대대적인 움직임을 보고받은 장해는 즉시 군영
을 걷고 병력을 이동시켰다.

　진평이 떠나기 전에 그에게 맡긴 임무는 전력을 온전히
지키는 것이었다.

　반란군의 대대적인 공격이 임박했는데 가만히 앉아서 기
다릴 이유가 없었다.

　관군의 이동 소식은 곧바로 섭종유와 등무칠에게 전해
졌다.

　섭종유는 관군을 비웃었다.

　"흥! 이렇게 겁 많은 놈들은 정말 처음 보는군."

　장복성은 미간을 찌푸렸다.

　뭔가 몹시 못마땅한 눈치였다.

　그런 그의 모습을 보고 등무칠이 물었다.

"장 군사, 마음에 걸리는 일이라도 있으시오?"

"저들이 도망가는 만큼 우리의 보급로가 길어진다는 게 신경 쓰입니다."

섭종유가 말했다.

"좋은 쪽으로 생각하시오. 우리의 세력권이 확장되면 설령 보급로가 차단당한다 해도 가까운 고을들을 점령해서 창고를 털면 되지 않겠소?"

"그건 그렇습니다."

장복성도 여기까지 온 이상 어떻게든 관군과 싸워야 한다고 생각하고 진군 속도를 더 빠르게 했다.

그러나 관군은 계속해서 도망치기만 할 뿐 좀처럼 맞서 싸우려 하지 않았다.

우선 병력 수에서 반군이 대여섯 배나 많았다.

그리고 또 한 가지 이유는 장해가 진평에게 들은 얘기가 있기 때문이었다.

남평현까지만 가면 지킬 방도가 있다고 한 말이었다.

그렇게 꼬박 이틀 동안 퇴각을 거듭한 관군은 남평현에 도착하게 되었다.

유취와 정선이 관군을 맞아들였고, 오래지 않아 섭종유와 등무칠의 반란군이 현성 앞에 당도했다.

장복성은 군대의 진격을 멈추게 했다.

그리고 언덕 위로 올라가 현성 주변을 살펴보았다.

성미 급한 섭종유가 물었다.

"왜 공격을 못 하도록 하는 것이오?"

"보십시오. 성 주변에 돌무더기와 언덕이 수십 개나 생겼습니다. 저게 무엇이라고 보십니까?"

섭종유는 미간을 찌푸리며 성 주변을 살펴보았다.

분명 인위적으로 만들어진 봉우리와 언덕들이었다.

그것도 일정한 간격과 각도가 맞추어져 있었다.

"혹시 진법이 펼쳐진 것인가?"

"맞습니다. 관군 진영에 뛰어난 전략가가 있는 게 분명합니다. 이런 준비를 해 놓고 있었다니……."

섭종유는 화를 냈다.

"관군이 이런 걸 만들고 있는데 어째서 그동안 보고가 없었지? 망할 녀석들 같으니라고."

"뭘 하는지 몰랐겠지요."

관군이 동원되어 흙과 돌을 실어 나르는 일이 해괴하기는 했지만, 그것으로 인해 기문진이 만들어질 거라고는 공사를 지휘하는 설가영과 유치, 정선 외에는 알 수 없었다.

그 내용을 알린 세작도 있었지만, 정보를 모으는 쪽에서도 관군이 흙을 나르고 있다는 내용만 가지고는 이런 상황을 추측해 낼 수 없었던 것이다.

등무칠이 장복성에게 물었다.

"장 군사는 저 기문진을 파해할 수 있겠지요?"

기대감 가득한 표정이었다.

그러나 장복성은 신중했다.

"일단 흙더미의 배치는 구궁팔괘의 기본 이론에 충실히 따르고 있습니다. 하지만 구궁팔괘진일 것 같지는 않습니다."

"왜 그렇게 생각하시오?"

"구궁팔괘진이라면 기문둔갑을 공부하는 사람이라면 누구나 가장 먼저 배우는 진법입니다. 허다한 인원을 동원하여 고작 그런 진법을 만들지는 않았을 것입니다."

등무칠은 천천히 고개를 끄덕였다.

장복성의 신중함에 동조하는 것이었다.

섭종유는 그들과 달리 마음이 조급했다.

"더 복잡한 진법이 숨겨져 있다고 해도 어쨌거나 장 군사가 파해할 수 있을 것 아니오? 당장 진군합시다."

장복성은 손을 내저었다.

"그것은 확실치 않습니다. 하루 정도 지켜보는 게 좋을 것 같습니다."

"하루라고요?"

등무칠이 말했다.

"우리 병력이 압도적으로 많은데 뭘 그리 서두르십니까. 함정이 있다면 피해야지, 굳이 우리 발로 걸어 들어갈 필요는 없지 않습니까?"

섭종유는 그의 말을 들을 수밖에 없었다.

군영을 세운 후 장복성은 날랜 기병 이십여 기를 추려 현성 쪽으로 다가갔다.

진의 정체를 파악하기 위해서였다.

그들이 진 안을 헤집고 다니자 성 위에서 상황을 살펴보던 유취와 정선, 장해 등은 긴장했다.

유취가 설가영에게 물었다.

"설 낭자, 저들을 내버려 둬도 괜찮겠습니까?"

"물론입니다. 오히려 반겨 줘야지요."

"아! 저들을 진 안에 가둘 방법이 있군요?"

설가영은 고개를 가로저었다.

"아닙니다. 저들에게 우리 진이 어떻게 가동되는지 보여 줄 것입니다."

"예?"

유취와 정선, 장해가 모두 놀랐다.

"진법의 운용을 적에게 공개하면 애써서 기문진을 만든 보람이 없게 되는 것 아닙니까?"

"고작 저들 스무 명 잡자고 펼친 진법이 아닙니다. 큰 고기를 잡으려면 작은 고기가 안전하게 노는 모습을 보여 줘야죠."

그 말에 비로소 유취, 정선 등은 그녀의 속셈을 알아차렸다. 보여 주는 진법 말고 나중에 진짜로 운용할 진법은 따로 있다는 뜻이었다.

설가영을 그저 진평 곁에 늘 붙어 다니는 면구 쓴 여인 정도로만 생각했는데 그게 아닐 수도 있다는 생각에 모두 그녀를 다시 보았다.

삼목객은 옆에서 흐뭇한 미소를 지었다.

아나히타의 성장이 마냥 흡족한 것이었다.

장복성은 진을 한 바퀴 돈 후 대체적인 윤곽을 잡을 수 있었다.

'이것은 구궁팔괘진 형상을 하고 있지만 용행종운(龍行從雲)의 원리로 운용되고 있다. 참으로 절묘하구나. 이런 식의 결합이 가능하다니.'

그는 관군 진영에 있을 모사의 재기에 감탄했다.

일반적인 구궁팔괘진이라고 생각하고 들어섰다가는 뒤를 끊기고 꼼짝없이 빙글빙글 돌며 쫓겨 다닐 뻔한 것이다.

그러나 전쟁은 재기로만 이기는 것이 아니라는 게 장복성의 생각이었다.

숨겨진 진법을 간파해 내는 자신의 존재를 상대는 예측하지 못한 것이다.

'우리를 그저 무식한 농민 반란군이라고만 생각했겠지. 설령 구궁팔괘진을 알아본다고 해도 그 뒤에 숨겨진 비밀을 알아내지는 못할 거라고 생각했을 거야. 하지만 그건

오산이다.'

그렇게 생각한 장복성은 그래도 혹시나 하는 마음에 마지막으로 한 번 더 확인을 했다.

그는 자신을 따르는 기병들에게 말했다.

"모두 방패를 꺼내어 들어라."

기병들은 시키는 대로 했다.

"우리는 지금부터 성문 앞까지 곧바로 달려갔다가 거기서 서쪽으로 방향을 틀 것이다. 그때 적의 병력이 갑자기 나타나더라도 겁먹거나 당황하지 마라. 남쪽으로 길이 열려 있을 테니까 그리 빠져나오면 된다. 알았느냐?"

기병들은 우렁찬 목소리로 대답했다.

장복성에 대한 그들의 신뢰는 절대적인 것이었다.

장복성은 말 배를 차서 앞으로 달려 나갔고, 기병들은 일제히 그의 좌우를 호위하며 함께 말을 달렸다.

그들이 성문 가까이 다가가자 과연 성 위에서 관군이 화살을 쏘기 시작했다.

그런데 화살의 방향이 한쪽으로 집중되어서 그걸 피하려다 보니 기병들은 서쪽으로 돌 수밖에 없었다.

성 위에선 설가영이 오색 깃발들을 가지고 있다가 푸른 기를 번쩍 들었다.

그러자 언덕 뒤에서 요구창과 마참도를 든 수백 명의 보병이 갑자기 튀어나왔다.

반군 기병들은 장복성이 처음 얘기했던 대로 남쪽으로 방향을 틀어 현장을 빠져나올 수 있었다.

장복성은 한 차례 바삐 말을 달리느라 숨이 찼지만 진의 정체를 파악했다는 기쁨에 사로잡혔다.

눈으로 알아냈을 뿐만 아니라 직접 확인하기까지 했으니 이제 파진은 문제없었다.

군영으로 돌아온 장복성은 장수들을 전부 한자리에 모은 후 관군 진법의 파해법에 대해 설명해 주었다.

함께 듣던 섭종유가 말했다.

"대응법이 너무 복잡하오. 난전 중에 언제 동서남북을 가늠하고 생문을 찾는단 말이오?"

다른 장수들도 비슷한 생각이었다.

장복성이 대답했다.

"그건 너무 걱정 마십시오. 제가 언덕 위에 올라가서 전장을 내려다보면서 깃발로 길을 가르쳐 드릴 겁니다."

"어떻게 말이오?"

"각 부대의 깃발을 나란히 세워 놓은 후 그 위에 다섯 가지 색의 깃발을 추가로 걸어 진퇴와 종횡, 그리고 그 자리에 머무르는 다섯 가지 약속을 정할 생각입니다."

"아! 그러면 자기 부대 깃발 위에 무슨 색의 기가 겹쳐져 있는지만 확인하면 동서남북 어디로 갈 것인지 알 수 있단 말이구료."

"그렇습니다. 하지만 진의 원리를 이해하고 움직이면 더 빠른 대응이 가능할 테니까 제가 하는 얘기들을 주의 깊게 들으셔야 합니다."

섭종유는 그러마라고 했지만 깃발 신호가 있는데 복잡한 진법 공부에 골머리 썩힐 이유는 없다는 생각에 듣는 둥 마는 둥 했다. 다른 장수들도 마찬가지였다.

다음 날.

아침 일찍 밥을 지어 먹은 반군은 호호탕탕 남평성을 향해 진군했다.

장복성은 언덕 위로 올라가 잘 보이는 곳에 부대 깃발을 질서정연하게 늘어놓았고, 만약의 사태에 대비하여 자신과 깃발들을 지킬 병사도 주변에 넉넉히 배치했다.

남평현의 관군들 역시 반군에 맞추어 전투준비를 했다.

병사들뿐만 아니라 지휘관까지, 모두 잔뜩 긴장되는 것은 어쩔 수 없었다.

다섯 배가 넘는 적과 싸워야 하는데 믿어야 할 것은 그다지 높지도 않은 성벽과 설가영이 만든 기문진밖에 없었다.

성벽 위에는 설가영과 상문객만 남았고 나머지 장교들은 전원 진법 내부로 배치되었다.

장교들은 저마다 깃발 신호와 거기에 대응하는 행동이

적힌 종이를 꺼내어 보고 또 보면서 적의 접근을 기다렸다.

마침내 반군의 선봉이 진 안으로 들어왔다.

설가영은 기를 흔들었고 일단의 궁수가 그들에게 화살을 쏘았다.

그러나 반군은 동요하지 않았다.

방패로 화살을 방어하면서 제 갈 길을 찾아갔다.

이어서 진으로 들어온 중군 역시 마찬가지였다.

언덕 위의 깃발 신호를 보면서 주위의 도발에 흔들리지 않고 전진했다.

중군을 지휘하던 섭종유는 껄껄거리며 웃었다.

"우리에게 잔재주가 통할 줄 알았느냐? 하하하……!"

설가영은 연거푸 깃발을 흔들었다.

그러나 그것은 모두 궁수들에게 내린 명령이었고 실질적인 접전은 벌어지지 않았다.

언덕 위의 장복성은 그제야 뭔가 좀 이상하다는 생각을 하기 시작했다.

자신이 파악한 대로라면 지금쯤 사방에서 조여들어 와 중군의 허리를 끊고 병력을 양분시키려 해야 할 텐데 선봉이 성문에 도달할 때까지도 전혀 공격을 해 오지 않는 것이었다.

'이건 뭔가 수상한데…….'

그때 설가영은 맞은편 언덕을 쳐다보았다.

멀어서 사람은 잘 보이지 않았지만 그녀는 상대에게 미소를 지어 보였다.

그리고 다른 색의 깃발을 흔들기 시작했다.

숨어 있던 관군들이 일제히 함성을 지르자 반군은 깜짝 놀랐다. 적은 보이지 않는데 소리만 들리는 상황이 당황스러울 수밖에 없었다.

곧이어 사방에서 비명이 들려왔다.

갑자기 어디선가 튀어나온 관군이 공격을 시작한 것이다.

반군 지휘관들은 일제히 언덕을 바라보았다.

그러나 정작 가장 크게 당황한 사람은 장복성이었다.

자기가 생각하고 있던 것과는 판이하게 다른 병력 운용이 이루어지고 있었기 때문이다.

그의 눈에 보이는 것은 구궁팔괘도, 용행종운도 아니었다. 그보다 훨씬 복잡하고 심오했다.

뿐만 아니라 우군의 움직임에 이상한 점이 있었다.

언덕 위에서 볼 때 분명 관군이 지척에 있는데 멍하니 있다가 배후를 타격당해 터무니없이 큰 피해를 입었다.

'앞이 보이지 않는다 말인가? 어째서 저런······.'

장복성으로서는 도무지 이해할 수 없는 일이었다.

사람의 눈과 귀를 멀게 하는 기문진법은 전설에나 있을 뿐이라고 생각했다. 설령 가능하다 하더라도 한두 명 정도를 속일 수 있을 뿐, 수천수만 명을 상대하여 대대적인 규모로 펼치는 것은 불가능하다고 생각했는데 지금 눈앞에서 그런 일들이 벌어지고 있었다.

반군의 눈이 먼 것은 설가영의 진법 때문만은 아니었다. 진을 만들 때 삼목객의 안배가 함께했기에 가능한 일이었다.

그런 사실을 알 리 없는 장복성은 부하들에게 명령하여 모든 부대 깃발에 자색 기를 걸도록 했다.

그것은 무조건 퇴각을 약속한, 실제로는 쓸 일이 없을 거라고 생각했던 깃발이었다.

반군 진형은 큰 혼란에 휩싸였다.

안 그래도 사방에서 출몰했다 사라지는 관군 때문에 무게중심이 자꾸 뒤로 쏠리는 판인데 언덕 위에 자색 기까지 걸리고 보니 다들 싸울 생각보다 온 길을 되돌아 나갈 마음뿐이었다.

병사들이 퇴각하자 섭종유는 불같이 화를 냈다.

"이게 무슨 짓이냐! 다들 제자리를 지켜라!"

그가 보기에 관군의 움직임엔 분명히 꺼림칙한 무언가가 있었다.

그러나 변치 않는 사실도 있었다.

자신들이 수적으로 훨씬 유리한 점이다.

숨었다 튀어나오는 잔재주를 부려 봤자 창칼을 휘둘러

싸우는 것은 마찬가지였다.

결국 수가 많은 쪽이 이기기 마련인 것이다. 그런데 겁을 먹고 퇴각한다는 것은 말도 안 되는 얘기였다.

"물러서지 말란 말이다!"

그는 직접 칼을 뽑아 달아나는 병사의 목을 베었다.

그러자 주변의 병사들이 겁을 먹고 걸음을 멈추었다.

섭종유는 그들을 향해 소리쳤다.

"모두 성을 향해 돌아서라! 도망치는 자는 참하겠다!"

병사들은 그가 시키는 대로 했다.

그러나 문제가 있었다.

섭종유의 명령이 통하는 것은 그의 주변뿐이었다.

다른 대부분의 반군은 진에 들어오기 전에 미리 약속한 깃발 신호를 철저히 따르고 있었다.

결국 섭종유의 본진 일부만 남고 나머지는 퇴각하면서 관군에게 허다한 사상자를 낼 수밖에 없었다.

홀로 남게 된 섭종유도 결국 퇴각 대열에 동참했다.

자기 힘만으로는 할 수 있는 일이 없기 때문이었다.

제6장
자객

　기문진에서 빠져나온 섭종유는 곧바로 장복성에게로 가서 칼을 뽑아 들었다.

　등무칠이 깜짝 놀라 그의 앞을 막아섰다.

　"섭 형! 이게 무슨 짓이오? 진정하시오!"

　"저자가 헛된 군호로 죽고 상하게 만든 병력이 얼마인데 그냥 넘어가잔 말이오?"

　"장 군사가 일부러 그런 것도 아니지 않습니까."

　섭종유는 분이 풀리지 않았다.

　"분명히 자기가 하라는 대로만 하면 진을 깰 수 있다고 하지 않았소? 그런데 총퇴각이라니. 그런 식의 파진이라면 지휘 못 할 사람이 누가 있겠소?"

장복성은 머리 조아려 사죄했다.

"죄송합니다. 저의 무능함의 소치입니다."

"에잉……!"

섭종유는 칼을 바닥에 내동댕이치고 분을 못 이겨 탁자를 일장에 박살냈다.

장복성은 송구스런 마음을 금할 수 없었다.

그래서 다음 대책을 묻는 등무칠의 물음에도 소극적으로 대답했다.

"현재로선 진법을 뚫을 방법이 없습니다."

섭종유는 버럭 소리를 질렀다.

"애당초 진법이니 뭐니 하는 것이 신경 쓴 것부터가 잘못이오. 우리의 수가 월등히 많은데 무얼 걱정한단 말이오?"

그러나 등무칠은 고개를 내저었다.

"분명 빙 둘러봐도 아무것도 없던 언덕이었는데 갑자기 병사들이 쏟아져 나오니까 여간 당혹스러운 게 아니었소. 벌판이라면 모를까 공성전을 해야 하는 마당에 그런 관군의 공격을 무시할 수는 없소."

"젠장! 그럴 거라면 아예 복주부를 칩시다. 저들이 공들여 진법을 만들었지만 우리가 거들떠보지도 않고 다른 고을로 가 버리면 모두 헛수고한 게 되지 않겠소?"

등무칠은 장복성을 바라봤다.

오랜만에 섭종유가 그럴듯한 의견을 내놓은 것이다.

장복성이 말했다.

"복주부까지는 거리가 멉니다. 남평부에 주둔한 관군이 우리 배후를 친다면 곤란해지겠지만, 일이만 정도의 병력을 이곳에 남겨 둔다면 충분히 방비가 될 것입니다."

섭종유도 이번엔 남겨 둘 필요 없이 한꺼번에 가자는 얘기를 하지 않았다.

남평현의 관군은 마냥 객기를 부릴 상대가 아님을 그도 체험을 통해 알게 된 것이다.

"흥! 우리가 다른 고을들을 전부 다 점령하는 동안 진법 뒤에 마냥 숨어 있을 수는 없겠지."

장복성은 즉시 병력을 점고하고 새로 편성했다.

감히 상상조차 할 수 없는 괴이한 기문진법을 펼쳐내는 적이 있는 곳으로부터 하루빨리 벗어나고 싶었다.

인원 점고 결과, 피해는 예상보다 훨씬 컸다.

원래 도망치면서 등 뒤로 적을 맞을 때 병력 손실이 가장 크기 마련인데, 이번엔 진법에 갇혀 헤매느라 그 피해가 더욱 컸다.

장복성은 공격 목표 바꾸는 일에 대해 다시 의논해 봐야 되겠다고 생각했다. 현재 남은 병력으로 절반은 이곳을 지키고, 나머지 절반은 복주부로 간다면 자칫 이도 저도 아닌 상황에 처할 수 있었다.

그러나 그가 되돌아간 중군 본영엔 그보다 심각한 소식들이 들어와 있었다.

　수로맹의 배를 타고 다니는 것으로 짐작되는 정체불명의 무림인들이 종횡무진 점령지를 유린하고 있다는 내용이었다.

　보고서를 하나씩 읽으면서, 장복성의 표정은 잔뜩 일그러졌다.

　"어, 어떻게 이럴 수가 있단 말인가?"

　피해 상황이 너무나 넓은 지역에 걸쳐 있었다.

　더구나 하나같이 아픈 지점들이었다.

　대군을 운용함에 있어 꼭 필요한 인원과 물자의 보급선을 정확하게 찾아내어 공격했고, 그때마다 극심한 피해를 준 후 홀연히 사라졌다.

　보고한 각각의 부대들은 알 수 없지만 그 내용을 한곳에 모아 놓고 보니 적의 동선이 파악되었다.

　실로 신출귀몰.

　그밖에 다른·말이 불필요했다.

　그것은 여러 요인이 합쳐진 결과였다.

　우선 장계상의 기린맹은 반란군의 병력 규모와 이동을 샅샅이 조사했고, 진평과 홍패는 전략적 중요성과 수로맹의 선단 운용을 고려하여 최적의 동선을 찾아냈다.

　그렇게 하여 일단 목표가 정해지면 진평과 석위가 이끄

는 무사들이 벼락처럼 치고 들어가 박살 낸 후 순식간에 빠져나가 대기해 둔 배를 타고 다음 지점으로 이동했다.

반군 입장에선 미리 대비할 수도, 맞아 싸워 지켜낼 수도, 추적할 수도 없는 빠르고 강력한 타격이었다.

그것은 진평이 초원에서 본 오이라트 기병들의 전술을 일정 부분 흉내 낸 것이기도 했다.

몽골 기병들은 폭풍처럼 돌진을 하다가도 적이 강하다 싶으면 바로 흩어져서 퇴각한 후 곧바로 다시 집결하여 기회를 엿보곤 했는데, 진평에겐 수로맹의 배가 바로 몽골 기병의 말이나 마찬가지였다.

장계상이 약한 지점을 찾아내고 복건 땅 구석구석 뻗은 수로를 타고 침투하여 공격한 후 적이 뭉치기 전에 빠져나오다 보니까 수많은 습격에도 불구하고 사상자가 극히 적었다.

특히 복운표국의 표사 중엔 몇 명의 부상자만 있을 뿐 죽은 사람이 단 한 명도 없을 정도였다.

석위가 평소 무공 수련을 충실히 잘 시켰다는 반증이라고 할 수 있었다.

그런 자세한 사정을 모르는 반란군 수장들 입장에선 정체불명의 무림인들에 대해 공포감을 가질 수밖에 없었다.

"으음……."

"끄응……"

섭종유와 등무칠은 연거푸 침음성을 흘렸다.

소규모 부대가 후방을 어지럽히는 것쯤 큰 싸움 한 번이기면 복구할 수 있다고 생각했는데, 큰 싸움에선 진법에 갇혀 패퇴했고, 후방은 생각보다 훨씬 큰 피해로 무너지고 있었다.

한참 만에 장복성이 말했다.

"이 상태로는 복주부까지 갈 수 없습니다."

섭종유도 이의를 제기하지 않았다.

장복성이 전문 중 한 장을 들어 보이며 말을 이었다.

"우리 병사들이 그자들을 무영귀(無影鬼)라고 부른다 합니다. 이런 식으로 공포가 확산되면 전체 군대의 사기에도 문제가 생길 수 있습니다."

섭종유가 물었다.

"어찌하면 좋겠소, 장 군사?"

칼까지 들고 설쳐 댔던 그였지만, 역시 곤란한 문제에 봉착하면 지혜에 기댈 수밖에 없었다.

장복성이 잠시 사이를 두고 말했다.

"흩어진 병력을 모아야 합니다. 지금처럼 나뉘어져 있다가는 백 명, 이백 명씩 그 무영귀라는 자들에게 각개격파 당해서 나중엔 아무것도 남지 않게 될 것입니다."

섭종유는 한숨을 내쉬었다.

관군이 퇴각하는 것을 보고 호호탕탕 치고 나올 때까지만 해도 모든 게 순조로웠다. 그런데 하루아침에 이런 처지가 되었다는 사실이 믿어지지 않았다.

등무칠이 섭종유를 위로했다.

"병력을 뭉치면 여전히 우리의 수가 압도적으로 많습니다. 그러니 실망할 이유는 하나도 없습니다."

그 말은 사실이었다.

섭종유는 곧 기운을 차렸다.

"집결지는 어디로 하는 게 좋겠소?"

"영안현이 적당할 것 같습니다. 주변에 군영을 세울 벌판도 넉넉하고 이곳과도 가까우니까요."

장복성은 남평현에 주둔한 병력이 관군 전력의 핵심이라는 사실을 잘 알고 있었다.

진법을 뚫고 들어가지는 않는다고 해도, 그들이 마음대로 드나들지 못하도록 가까이에서 견제할 필요가 있었다.

섭종유와 등무칠은 각각 자신의 휘하 부대들에 군령장을 썼고, 각지에 흩어져 있던 반란군은 저마다 약탈한 군량을 싣고 영안현으로 집결했다.

진평과 석위는 남평현으로 귀환했다.

반란군이 한군데 뭉친 이상 이제까지와 같은 전술은 먹혀들지 않을 것이기 때문이었다.

그는 먼저 설가영을 칭찬해 주었다.

"네 덕분에 우리가 배후를 자유롭게 휘젓고, 관군의 희생도 최소화할 수 있었다. 수고했어."

"별말씀을요."

설가영은 아쉬웠다. 다른 사람들이 없었더라면 품에 안겨 입을 맞췄을 것이기 때문이다.

진평은 지도 앞에 장해, 유취, 정선 등과 자리를 함께했다. 그리고 장계상과 석위, 홍패도 끼었다.

그들은 병부의 무관은 아니지만 진평의 사람들이고, 또 이번에 혁혁한 전공을 세웠기 때문에 아무도 이상하게 생각하지 않았다.

진평은 우선 도지휘사사의 병력 상황부터 물었다.

유취가 대답했다.

"아직은 훈련이 충분치 못합니다."

"모두 정예가 되었으면 좋겠지만 우리에겐 시간이 무한정 있는 게 아닙니다. 일단 반군보다 훈련 상태가 낫다면 그것으로 족합니다."

"그 정도 훈련은 되었습니다."

"좋습니다."

장해가 진평에게 물었다.

"어사님의 생각은 무엇입니까? 저들과 정면 대결을 벌일 계획이십니까?"

"아직 우리의 힘이 저들만 못합니다."

그것은 장해도 아는 바였다.

홍패가 슬쩍 끼어들어서 말했다.

"진법을 의지해서 한두 달 버티다 보면 경사에서 지원 병력을 보내 주지 않을까요? 히히……."

진평은 고개를 가로저었다.

"오이라트를 그렇게 쉽게 물리칠 수만 있다면 얼마나 좋겠어. 하지만 일단 장성을 넘은 이상 그들은 웬만해선 물러나려 하지 않을 거야. 병력 지원은커녕 추가 차출이나 하지 않으면 다행이라고 할 수 있지."

"으으……. 설마 더 빼내 가기야 하겠습니까?"

그것은 모르는 일이었다.

진평이 장해에게 물었다.

"이 성에 군량은 얼마나 있습니까?"

"넉넉합니다. 지금의 병력이라면 서너 달은 너끈히 버틸 수 있습니다."

"그렇다면 일단 대치하면서 기회를 엿보도록 합시다."

진평은 그렇게 결정하고 회의를 마무리했다.

*　　　*　　　*

관군과 반란군의 대치 상태가 이어지면서 진평은 답답

함을 느꼈다.

반란군의 초계병들이 남평현 주변을 엄밀히 지키면서 일거수일투족을 감시했기 때문이다.

남평현으로 이어지는 세 갈래 물길은 여전히 수로맹이 장악하고 있기 때문에 쾌속선에 실을 수 있는 정도의 물자와 인원은 자유롭게 이동할 수 있었다.

그러나 대규모 병력이 움직이는 것은 불가능했다.

영안현에 주둔한 반란군의 기세에 꼼짝 못하고 눌린 형국이었다.

반란군은 관군과 달랐다.

병력을 하나로 뭉친 그들은 본진으로 남평현을 노려보면서 일지군을 파견하여 마음껏 고을들을 약탈한 후 다시 귀환하곤 했다.

그러다 보니 각 현의 불만이 점차 고조되었다.

왜 관군은 병력이 있으면서도 싸우지 않고 자기들만 피해를 입게 놔두느냐는 항의가 이어졌다.

진평은 언제라도 총공격 명령을 내릴 수 있었다.

장해의 부대와 도지휘사사의 병력을 한꺼번에 진격시키고 그 선봉에 자신과 석위가 선다면 쉽게 지지는 않을 거라는 자신이 있었다.

그리고 전투 중에 섭종유나 등무칠, 그리고 장계상을 통해 최근에 알게 된 적의 군사 장복성, 셋 중 누구라도 마주치기만 하면 그를 제거함으로써 판도를 바꿀 수 있었다.

그러나 진평은 그 전술의 실행을 계속 미루었다.

반란군뿐만 아니라 관군의 피해도 막대할 것으로 예상되었기 때문에 최후의 선택으로 남겨 두었다.

장계상이 추정하는 반란군의 현재 병력은 십이만에서 최대 십오만 정도였다.

관군을 총동원한다 해도 네다섯 배나 많은 수였다.

설가영이 진평에게 말을 걸었다.

"형님, 요즘 계속 표정이 어두우세요."

진평은 그녀에게 미소를 지어 보였다.

그러나 밝지만은 않은 표정이었다.

"수장이 된다는 게 꽤 힘든 일이야."

"형님은 황명을 받기 전에도 이미 수장이셨잖아요."

"다들 자기 앞가림을 할 줄 아는 무리의 수장 역할은 어렵지 않았어."

본혈방이나 뇌전대를 이끄는 것은 관군에 비하면 수월하다고 할 수 있었다.

조금만 소홀히 해도 어찌 될지 모르는 병사 수만 명의 안위를 책임지는 일은 부담감이 훨씬 컸다.

설가영이 물었다.

"반란군이 금방 무너질 거라고 생각했는데 어떻게 저렇

게 다시 강해진 거죠?"

"장복성이라는 모사 때문이지."

설가영이 생긋 웃었다.

"그는 나에 비하면 한참 모자란데요."

진평도 따라 웃으며 말했다.

"지휘관의 머리가 좋고 재기가 넘친다고 해서 전쟁에 승리할 수 있는 건 아냐."

"그럼 뭐가 더 필요하죠?"

"끈기와 뚝심. 그리고 겸손함."

"그게 머리 좋은 것보다 중요하단 말씀인가요?"

진평은 질문을 했다.

"제갈공명이란 사람 알아?"

"당연히 알죠."

"그럼 사마의는?"

"그는 위나라 승상이었잖아요? 제갈량의 적이었죠."

"그래. 누구 머리가 더 좋았지?"

"그야 당연히 제갈량이죠."

"그럼 어느 편이 이겼지?"

설가영은 입술을 샐쭉거렸다.

"그건……. 제갈량이 건강이 안 좋아서 먼저 죽었으니까 진정한 실력대결의 결과라고 할 수 없어요."

"애당초 제갈공명이 더 뛰어나다는 사실은 인정했잖아.

내가 물은 건 전쟁의 승패야."

"위나라가 이겼죠."

진평은 고개를 끄덕였다.

"장복성은 너의 진법을 파해하지 못했지만 여전히 자기 맡은 바 임무를 충실히 수행하고 있어. 우리의 동향을 철저히 파악하면서 병력을 효율적으로 운용하고 있지."

"골치 아프네요. 사람 하나 더해졌다고 해서 반란군의 전력이 이렇게까지 달라지다니."

진평도 비슷한 생각을 했다.

장복성이 없었다면 이 싸움은 적의 군량고를 태우는 시점에서 이미 끝났을 것이었다.

그때 방 한쪽 구석이 시끄러워졌다.

"거기서 훈수를 하면 어떻게 합니까!"

홍패가 바둑판의 돌들을 손으로 헝클어 놓으면서 일어섰다. 석위가 그에게 말했다.

"네가 졌으니까 술 사야 돼."

"이건 무흅니다!"

"무슨 소리야? 나도 다 알고 있었다고."

"거짓말 마십시오!"

"정말이라니까. 내가 단수도 못 볼 사람 같아?"

"예."

"뭐라고? 이놈이……."

한바탕 난리가 벌어진 것은 석위와 홍패의 내기 바둑을 삼목객이 구경하다가 한마디 거들었기 때문이었다.

원래는 구경만 하려고 했었지만, 두 하수의 어이없는 공방전에 참을성이 한계를 넘어서고 말았던 것이다.

진평의 진영에서 바둑으로는 설가영이 압도적인 고수였다.

삼목객은 그녀에 비할 바가 못 되지만 적어도 석위와 홍패처럼 상대가 알아차리지 못하기를 바라고, 실수에 기대는 바둑은 두지 않았다.

홍패는 은전 하나를 꺼내어 석위에게 준 후 삼목객을 향해 버럭 소리 한 번 지르고 밖으로 나갔다.

그는 곧바로 장계상의 거처로 향했다.

"뭐 하고 있어?"

장계상은 부하들이 보내온 첩지들을 정리하다가 일어나서 홍패를 맞았다.

"따로 하는 것 없는데."

"그럼 나하고 어디 좀 갔다 올까?"

"어디를?"

홍패는 엄지로 자기 어깨너머 뒤쪽을 가리켰다.

"반군 진영에."

장계상의 표정에서 웃음기가 사라졌다.

"거긴 뭐 하려고?"

"글쎄. 사람 하나를 죽이고 싶어서."

"누구를?"

"지금 형님을 가장 괴롭히는 놈이 누구일지 맞춰 봐."

"장복성?"

홍패의 입가에 미소가 번졌다.

장계상은 동창 출신답게 윗사람의 마음을 읽는 데는 탁월한 재주가 있다는 생각이 들었다.

"어때? 놈의 위치를 파악하고 있겠지?"

장계상이 목소리를 낮추어 물었다.

"주군께서 그리하라고 명령을 내리신 건가?"

홍패는 고개를 가로저었다.

"형님은 그런 거 별로 안 좋아하셔. 그리고 하겠다고 마음먹으면 남에게 시키지 않고 직접 하실 분이지."

"그럼 허락도 없이 독단적으로 너 혼자 결정한 거야? 그런 중차대한 일을?"

"어때? 함께하고 싶지 않아?"

장계상의 입꼬리가 올라갔다.

"당연히 하고 싶지."

"그럴 줄 알았어. 히히……!"

홍패는 바둑 두는 동안 진평과 설가영의 대화를 듣고 속으로 결심했다. 그리고 장계상이라면 자신과 죽이 잘 맞기 때문에 의논해 볼만 하다 생각하고 바둑을 일찍 끝낸 것이다.

장계상이 적 진영 배치도를 꺼내면서 물었다.

"그런데 자신은 있는 거야?"

"왜 이래? 내가 이래 봬도 황궁을 자유자재로 드나들던 몸이야. 금군과 동창도 나를 찾아내지 못했다고. 흥!"

"그야 황궁엔 숨을 곳이 많으니까 그렇지. 반군 진영엔 금군이나 동창만 없는 게 아니라 몸을 가릴 것도 없어."

"걱정 마. 가장 흔한 것으로 위장하면 되니까."

"가장 흔한 게 뭔데?"

"그야 반군이지."

장계상은 피식 웃었다. 그리고 지도를 펼쳐 적의 배치 상태를 자세히 설명해 주었다.

다 듣고 난 홍패가 말했다.

"너도 함께 갈 거지?"

"물론이지."

장계상은 이 기회를 놓치지 않으려 했다.

진평이 약속한 벼슬을 받으려면 이제까지 해 온 일만으로는 좀 부족하다고 생각하던 중이었기 때문이다.

두 사람은 적진을 정찰하러 다녀오겠다고 장해에게 허락을 받은 후 성 밖으로 나가 배를 타고 멀리 우회하여 영안현으로 들어갔다.

가까이에 반란군의 군영이 있는 것치고는 고을의 분위

기가 의외로 안정적이었다.

길에 아녀자는 보이지 않았지만 나름대로 저자도 열려 있고 행인들도 많은 편이었다.

두 사람은 일단 객잔에 들어가 음식과 차를 시켰다.

그런데 느닷없이 반군 병사 대여섯 명이 객잔 안으로 들이닥치더니 홍패와 장계상에게 창을 겨누었다.

"이놈들! 정체를 밝혀라!"

장계상이 나서서 대거리했다.

"나리들, 정체라니요? 그게 무슨 말씀이십니까?"

평소와 달리 어눌한 말투에 잔뜩 겁먹은 모습이었다.

홍패도 죽을 맞췄다.

"저희는 아무 잘못도 없습니다. 제발 살려 주십시오."

장계상보다 소심하고 불쌍해 보이는 모습이었다.

반군 병사 중 우두머리로 보이는 자가 말했다.

"네놈들 정도 나이의 사내라면 우리 대왕님의 군대 아니면 관군, 둘 중 하나에 속해 있을 게 분명한데, 홍건을 두르지 않았으니 관군 아니겠느냐?"

홍패가 양손을 내저었다.

"저희는 양주에서 온 장사꾼입니다."

"상인이라고?"

"그렇습니다. 헤헤헤……."

"그런데 어째서 짐도 없이 맨몸으로 다니느냐?"

"바로 그게 저희의 문제입니다. 이틀 전에 수적을 만나 배와 짐을 모두 빼앗기고 우리 두 사람만 겨우 살아서 도망쳤습니다."

반군 우두머리는 손짓으로 창을 치우게 했다.

두 사람의 말투가 복건과는 전혀 다른 사투리인 것을 보고 타 지역 사람이라 생각하여 의심을 거둔 것이다.

"너희를 턴 자들은 바로 수로맹 놈들이다."

장계상은 눈을 동그랗게 떴다.

"예? 장강도 아닌데 웬 수로맹입니까?"

"내 말이 그 말이다."

"어쨌거나 대왕님의 군대가 그들을 곧 무찌르겠지요?"

"당연히 그리될 것이다. 하지만 너희 보따리는 되찾기 힘들 거야."

반군 병사들이 소리 내어 웃었다.

홍패는 땅이 꺼져라 한숨을 내쉬었다.

"이제 어쩌면 좋단 말입니까. 노자도 다 떨어졌는데 뱃길은 수적 놈들에게 막혔으니."

우두머리 병사가 말했다.

"우리 대왕님의 군대에 들어와라."

"대왕님이라면 어느 분을 말씀하시는지……."

"지금 복건에 대왕님은 산평왕(鏟平王) 한 분뿐이시다."

섭종유도 처음 반란을 일으켰을 때는 자신을 대왕으로

칭한 적이 있지만 강서로 쫓겨 갔다가 돌아와 등무칠의 대규모 병력에 합류한 이후로는 그 호칭을 쓰지 않았다.

장계상이 자신 없는 어조로 말했다.

"우리 두 사람은 배나 좀 저을 줄 알지, 무기를 들고 싸우는 일에는 젬병입니다."

홍패가 고개를 숙이고 속으로 웃었다.

우두머리 병사가 말했다.

"그건 상관없다. 군대에선 모든 사람이 다 쓸모가 있기 마련이니까. 배를 저을 줄 아는 것은 훌륭한 재주야."

장계상은 거듭 사양했다.

"저희는 키도 작고 힘도 약해서 별로 보탬이 되지 못할 것입니다."

"여러 소리 할 것 없다! 우리와 합류하던지, 아니면 옥에 갇히던지 둘 중 하나를 선택해라."

장계상과 홍패는 한숨을 내쉬며 고민하다가 마지못해 그들의 제안을 수락했다.

"알겠습니다. 대왕님의 사병이 되겠습니다."

"하하하! 잘 생각했다."

반군 병사들은 두 사람을 군영으로 데리고 갔다.

홍패와 장계상은 척살 대상이 있는 곳으로 적의 안내를 받아 들어가게 된 것이다.

두 사람은 병적에 가짜 이름을 올리고 흉갑과 창 한 자루를 받은 후 곧장 부대에 배속되었다.

삼십여 명으로 이루어진 부대에서 그들이 맞닥뜨리게 된 것은 무자비한 폭행이었다.

군대하는 것은 부대원 개개인의 출신지도 다르고 저마다의 사연도 다르기 때문에 전체를 하나 되게 만드는 방법으로 폭력과 공포가 가장 효과적이었다.

특히나 반란군이다 보니 관군보다 그 정도가 훨씬 심했다.

홍패와 장계상은 고스란히 얻어맞을 수밖에 없었는데, 그들의 선임자 중 방응모라는 덩치 큰 사내가 유독 집요하게 매질을 멈추지 않았다.

구타가 밤까지 계속 이어지자, 맞다 지친 홍패가 그에게 사정을 했다.

"이보시오, 방형. 이렇게 맞다가는 골병이 들겠소. 나중에 나누어 맞읍시다."

"흥! 무슨 헛소리를 지껄이는 거냐? 골병이 들면 뭐 어쩌라고? 네깐 놈들 죽는다 해도 상관없다."

장계상이 그의 손을 잡고 매달리면서 숨겨 두었던 은화 하나를 손바닥에 쥐어 주었다.

그제야 방응모의 얼굴에 미소가 번졌다.

"이놈들이 제법 눈치가 있구나. 하하하!"

갑자기 친근하게 변한 그는 두 사람에게 침구를 챙겨

주고 잘 자리도 정해 주었다.

홍패와 장계상은 나란히 누워 서로 위로했다.

"한주먹 거리도 안 되는 놈에게 얻어맞고 돈까지 빼앗겨야 하다니, 젠장!"

"그래도 잘 참았어."

새벽이 되자 방응모가 두 사람을 깨웠다.

"너희 차례다. 한 시진 뒤에 저쪽 두 명과 교대해."

취침과 기상 시간 양쪽에서 모두 뚝 떨어져 있는 불침번 근무시간은 모두가 꺼리고 싫어했다.

그러나 장계상과 홍패는 그 순간을 위해 매를 맞으면서도 참은 것이었다.

투구 쓰고, 전갑 걸치고, 창과 방패를 든 두 사람은 지정된 근무지에서 일각 정도 불침번을 서는 척하다가 곧바로 장복성의 군막을 향해 이동했다.

그들이 발견한 것은 촘촘하게 서 있는 경계병들이었다.

무림고수들이 관군에 협력한다는 사실을 알게 된 이후 섭종유와 등무칠, 장복성의 군막 주변엔 그 어느 때보다도 경계가 강화된 상태였다.

"조용히 끝내기는 어렵겠는걸."

장계상의 말에 홍패도 동의했다.

몸수색에 대비하여 암기를 챙겨 오지 않았기 때문에 더욱 어렵게 느껴졌다.

"한 사람은 시선을 끌고, 다른 한 명이 해결해야 될 것 같은데, 어느 쪽을 맡을래?"

장계상이 대답했다.

"몰래 숨어들어 가는 건 네 전문이니까 내가 소란 떠는 역할을 맡기로 하지."

"좋았어! 탈출은 각자 알아서 하자고."

"현성에 돌아가서 만나자."

두 사람은 굳세게 손을 마주 잡은 후 각각 남북으로 나뉘어 자리를 잡았다.

장계상은 경계병 앞으로 걸어가다가 돌을 밟고 비틀거리는 척하면서 방패로 병사의 발등을 찍었다.

"어이쿠! 아야……!"

"아! 미안하게 됐네. 실수로 그만……."

"눈 좀 똑바로 뜨고 다녀!"

"미안하다고 했는데 뭐 그리 역정을 내나?"

"이 자식이! 너 어느 부대 소속이야?"

"소속은 뭐 하러 물어?"

"어라? 요놈 봐라."

발등 다친 사내는 장계상의 멱살을 움켜쥐었다.

순간 장계상이 이마로 그의 코를 들이받았다.

경계병이 코피를 흘리며 뒤로 넘어가자 옆에 있던 동료가 창대로 장계상을 후려쳤다.

장계상 역시 창을 휘둘렀다.

경계병은 장계상의 적수가 못 되었다.

"커억……!"

그는 단번에 목을 찔려 절명하고 말았다.

그 광경을 보고 다른 경계병들이 우르르 몰려들었다.

"이게 뭐 하는 짓이냐!"

장계상은 뻔뻔하게 대답했다.

"난 사과를 했는데, 이자들이 먼저 나를 때렸다."

"그렇다고 사람을 찔러 죽이는 게 말이 되느냐? 저놈을 잡아라!"

경계병들이 창을 겨누며 우르르 몰려들었고, 장계상은 본격적으로 창 솜씨를 발휘하기 시작했다.

밖이 소란스러워지자 장복성은 잠에서 깨었다.

"부관, 무슨 일이냐?"

그런데 대답이 없었다.

대신 진한 피 냄새만 군막 안에 가득했다.

깜짝 놀란 장복성은 걸어 두었던 장검을 뽑아 들었다.

순간, 등 뒤에서 파공음이 들려왔다.

장복성은 급히 몸을 돌려 상대의 무기를 쳐냈지만 손바닥이 얼얼할 정도의 충격이 전해지는 것으로 보아 상대는 자기보다 훨씬 뛰어난 고수였다.

홍패는 본혈방도가 된 이후 내공이 크게 증진되어 도둑

이라고만 하기엔 아까울 정도의 고수가 되어 있었다.

소란 피우지 않고 무사히 빠져나가기 위해서는 장복성을 최대한 빨리 제압할 필요가 있었다.

그래서 연거푸 살초를 펼쳐냈다.

장복성은 사력을 다해 막았지만 현격한 무공 차이를 극복하지 못해서 결국 창에 찔리고 말았다.

"크윽……. 네, 네놈은 누구냐?"

"난 홍패라고 한다."

"과, 관군의…… 배후에 누가 있지?"

"호림공 진평. 내 형님이시다."

"아! 호림공이라면 무림맹 뇌전대……?"

"맞아. 바로 그분이다."

홍패는 상대가 진평을 곤란하게 만들 정도의 전략가였다는 사실을 알기에 어느 정도 존중하는 마음이 있었다.

그래서 마지막 가는 길에 그가 알고 싶어 하는 것들에 대해 솔직한 답변을 해 주는 것이었다.

"으으……. 분하고 원통하구나. 우리의 세상이 만들어지는 것을 보지 못하고 여기서 이렇게 죽다니…….."

"너희가 원하는 세상은 오지 않을 것이다. 하지만 백성들이 원하는 세상을 만들기 위해 애쓰는 사람들이 있으니 너무 억울해할 것은 없다."

"후후……. 쿨럭! 쿨럭!"

장복성은 자조적인 웃음을 흘리다가 그대로 절명했다.

홍패는 밖의 동정에 귀 기울였다.

시끄러운 소리가 멀어지는 것으로 보아 장계상이 달아나는 중인 듯싶었다.

홍패는 빠져나가려다가 장복성의 서류 주머니를 발견하고 그것을 챙겼다. 그 안에는 첩지들이 가득 들어 있었다.

홍패가 군막의 찢어진 틈으로 빠져나간 직후 병사들이 소란의 원인을 보고하기 위해 군막에 들어왔다가 장복성의 주검을 발견했다.

반란군 군영은 발칵 뒤집혔다.

"군사님이 암살당하셨다!"

"자객을 잡아라!"

자다가 깨어 밖으로 뛰어나온 병사들이 사방에 가득했다. 그러나 자객이 어디 있는지, 어떤 모습인지 아는 사람은 아무도 없었다.

군영이 아수라장으로 변한 것은 장계상에게 큰 도움이 되었다. 경공술로 따라오던 경계병을 따돌린 이후엔 아무도 자기를 의심하지 않았기 때문이다.

그들과 똑같은 전포를 걸치고 머리엔 붉은 두건을 매고 있으니 구분해 낼 방도가 없었던 것이다.

장계상은 곧장 빠져나가지 않고 자신이 배정되었던 부대로 돌아가 방웅모를 찾았다.

분풀이를 하고 싶었던 것이다.

그러나 군막 내부는 텅 비어 있었고 방응모는 어디에도 보이지 않았다.

실망을 하고 군영에서 빠져나가려는데 근처 군막에서 요란한 타격음이 들려왔다.

소리를 따라가 군막을 젖혀 보니 놀랍게도 그 안에 홍패가 있었다.

그는 바닥을 구르는 방응모를 계속 걷어차는 중이었다.

장계상은 껄껄 웃었다.

"네가 나보다 빨랐구나."

"이거 받아."

홍패는 장계상이 매를 덜 맞기 위해 방응모에게 주었던 은화를 도로 빼앗아 가지고 있다가 장계상에게 던져 주었다.

장계상도 곧 방응모 구타에 동참했다.

마혈을 짚인 방응모는 비명조차 제대로 지르지 못하고 늑골과 쇄골, 정강이뼈와 광대뼈가 부러지는 중상을 입었다.

제7장
한 번의 반격

　진평은 홍패와 장계상의 독단적인 행동을 칭찬하지 않았지만, 그렇다고 나무라지도 않았다.

　장복성의 부재로 인해 이제부터 많은 변화가 이루어질 게 분명했다.

　홍패는 빠져나오기 직전 챙긴 첩지들을 진평에게 보여 주며 말했다.

　"형님, 우리 진영의 동태에 대한 내용들이 많이 있습니다. 보낸 자의 이름이 적힌 것은 아니지만 정보가 새어 나간 경로를 되짚어 보면 세작을 가려낼 수 있을 것입니다."

　장해와 유취, 정선 등이 몹시 기뻐했다.

　"저희에게 맡겨 주십시오."

그러나 진평의 생각은 달랐다.

"지금은 건드릴 이유가 없습니다. 그보다 서류들을 모두 자세히 조사해서 장복성이 가장 신경 쓰던 일이 무엇이었는지부터 알아내 주십시오."

세 사람은 즉시 작업에 착수했고, 오래지 않아 반란군에 식량 조달 문제가 있음을 알아낼 수 있었다.

십오만에 가까운 대병력이 하루에 먹어 치우는 곡식의 양은 엄청났다.

원래는 복건의 풍족한 산출로 얼마든지 충당할 수 있었지만, 지난번 진평과 석위가 태워 버린 군량고들이 문제를 야기했다.

진평은 기뻤다.

장복성이 죽어서도 아니고, 내통자를 색출할 수 있는 첩지를 가져와서도 아니었다.

적의 약점을 알아냈기 때문에 기뻤다.

석위와 함께 군량고를 태우면서 다닌 것은 분명 효율적인 후방 교란 전술이긴 했지만, 그것이 반란군에게 과연 얼마만큼의 영향을 미쳤는지는 미지수였다.

그러다가 오늘, 적의 최고 수뇌부인 군사가 군량 배분 때문에 골머리 앓던 흔적을 확인함으로써 그 일들에 대한 평가를 제대로 할 수 있었고, 앞으로 반군을 어떻게 다루어야 할지에 대한 기본 전략도 세울 수 있었다.

진평은 각별한 비밀 엄수를 지시했다.

그리고 장계상으로 하여금 장복성의 죽음 이후에 달라진 점들을 면밀히 정찰하도록 지시했다.

밖으로 나온 장계상과 홍패는 만족스런 표정으로 서로의 팔뚝을 마주쳤다.

진평에게 칭찬을 들은 것은 아니지만, 자신들의 행동 덕분에 대치 상태를 풀 전기가 마련되었다는 사실만큼은 확실했기에 보람을 느낀 것이다.

고무적인 소식이 한 가지 더 들어왔다.

황제가 지원군을 보낸 것이다.

그동안 우겸의 노력 덕분에 오이라트의 공격을 유기적으로 방어할 수 있는 체계가 마침내 확립되었다.

거용관(居庸關)과 백양구(白羊口)에 각각 정예병을 주둔시켜 서로를 도우며 적의 공격을 막도록 했을 뿐만 아니라 이주(易州)와 계주(薊州)에도 병력을 파견하여 서쪽으로 산서, 북쪽으로 요녕을 통한 우회 침투까지 원천 봉쇄했다.

오이라트는 날랜 기병을 가졌지만 이렇듯 요처가 막히고 보니 마음대로 움직이기 어려웠다.

명나라 군대의 기율과 사기도 예전에 왕진이 지휘하던 때와는 천양지차라서 가벼이 볼 수 없었다.

오이라트의 기세가 움츠러들어 관군의 병력 운용에 약

간 여유가 생기자 황제는 즉시 복건으로 추가 파병을 했다.

제대로 된 지원 없이 진평에게 맡겨 버린 일이 미안하기도 했고, 반란의 규모가 크기도 했기 때문에 가장 먼저 고려하지 않을 수 없었던 것이다.

사자를 통해 그 사실을 통보받은 진평은 기쁜 마음으로 장해, 유취, 정선 등과 함께 새 지휘관을 마중 나갔다.

영양후(寧陽侯) 진무(陣懋).

그는 올해 나이 일흔 살로, 영락제부터 지금의 성왕까지 무려 다섯 명의 황제를 보필한 노장이었다.

영락제를 도운 공으로 봉토를 받은 이후 사십칠 년 동안 대강남북, 사해팔황을 오가며 크고 작은 전투에 참여했고, 대부분 승리를 거둔 노련한 지휘관이기도 했다.

진평은 그를 존중하는 마음으로 정중히 군례를 올렸다.

"장군님을 뵙습니다."

"하하하……! 온 천하에 위명이 쟁쟁한 호림공을 만나게 되어 참으로 반갑습니다."

영양후 진무는 배꼽까지 내려오는 흰 수염을 쓰다듬으며 큰 소리로 웃었다.

나이가 칠십인데도 불구하고 목소리는 쩌렁쩌렁했고, 자세는 곧고 팔다리에 힘이 있었으며, 두 눈엔 정광이 뚜렷해서 뒤에 선 부관들보다 기운이 충만해 보였다.

함께 온 장해와 유취, 정선 등은 감히 머리도 들지 못했다. 병부 내에서 진무는 까마득한 선배였기 때문이다.

진평이 보기에, 진무는 대단한 내가고수이면서 동시에 외공까지 겸비하고 있었다. 그렇지 않다면 이 나이까지 살아 있는 것도 쉬운 일이 아닐 터였다.

"장군님을 모시게 되어 영광입니다."

그러자 진무가 손을 내저었다.

"그대가 주장(主將)이니 내가 잘 부탁해야지요."

진평은 깜짝 놀랐다.

"예? 그게 무슨 말씀이십니까? 정남장군(征南將軍)에 제수되셨다고 들었습니다만……."

"내 위신을 생각해서 장군인을 내려 주시긴 했지만, 다 늙은 몸으로 무슨 일을 할 수 있겠습니까. 이걸 보십시오."

진무는 부관에게 서찰을 건네받아 진평에게 주었다.

진평이 펼쳐 보니 그것은 황제의 친서였다.

정남장군과 그의 병력을 잘 활용하여 맡은 바 임무를 잘 완수하기 바란다는 내용이 적혀 있었다.

진평은 당황했다.

다른 사람도 아니고, 백전노장인 영양후를 정남장군에 봉해 내려보냈으면서도 여전히 중책을 자신에게 맡긴다는 게 이해가 되지 않았다.

진무가 말했다.

"본래 장수를 내보냈으면 일이 끝날 때까지 믿고 맡기는 것이 기본입니다. 믿지 못할 사람이었다면 애당초 맡기지를 말았어야 할 것이고……. 내가 보기엔 황상께서 혜안을 가지고 계신 것 같습니다."

그는 아무런 불만이 없는 표정이었다.

젊은 시절엔 공명심을 좇음에 있어 누구에게도 뒤지지 않았지만, 나이 일흔이 넘고 보니 명분보다는 실질을 중시하게 되었다.

어쩌면 황제가 자신을 고른 것은 그런 면까지 고려했을 거라는 게 진무의 생각이었다.

진평은 진무에게 군의 지휘를 거듭 부탁했으나 그는 한 치도 물러서지 않았다.

황명을 어길 수 없다는 것이었다.

결국 진평도 황제의 결정을 받아들일 수밖에 없었다.

영양후 진무와 함께한 작전 회의.

진무는 진평에게 이것저것 세심한 것들을 물어보았다.

황제가 진평의 지휘에 따르라고는 했지만, 특별히 자신을 골라서 보낸 것은 풍부한 경험을 바탕으로 도움을 주라는 의미로 해석할 수 있었다.

의욕에 찬 젊은 지휘관들이 흔히 범하는 잘못들을 많이 보아 온 진무는 바로 그런 점들을 집중적으로 물어보았다.

그러나 대답을 들을수록 그저 감탄만 나왔다.

그동안 진평이 취한 견고한 수비 위주의 전략과 거기에 병행하여 치러진 배후 교란 작전들은, 약관의 나이인 그에게서 나왔다고 보기에는 믿기 어려울 정도로 신중하고 노련한 것들이었다.

군무의 운용 역시 허술한 곳이 하나도 없었다.

관리가 아니던 사람이 세세한 사항을 스스로 처리했을 리는 없고 장해, 유취, 정선이 도왔겠지만 그들의 수장으로서 일이 제대로 처리되도록 사람을 부리기가 결코 쉬운 일은 아니었다.

더욱 놀라운 것은 그를 돕는 사람들의 면면이었다.

진평 본인의 명성은 이미 강호에 널리 퍼진 소문을 들어서 알고 있었지만 석위나 삼목객 같은 동료들이 내뿜는 기도도 보통이 아니었다.

진법으로 반란군의 공격을 막았다거나, 수로맹을 통해 복건의 물길을 완전히 장악하고 있다는 것들은 놀라운 일이 아닐 수 없었다.

"허허! 황상께서 사람을 제대로 보셨군요."

"감당할 수 없습니다."

"빈말이 아닙니다. 이런 상황이라면 모든 일을 어사에게 맡기는 게 가장 좋은 선택이 될 것입니다. 말씀만 하십시오. 그대로 따르겠습니다."

진평은 더 이상 겸양의 얘기나 할 때가 아니라 생각하고 진무에게 말했다.

"앞으로 우리 토벌군의 작전은 모두 장군께서 주도하신다고 대외적으로 알리겠습니다."

"그건 안 됩니다. 황상의 친서를 보셨잖습니까?"

"장군께서 오랜 세월 쌓은 무명이 반란군을 겁먹게 할 것이기에 그렇습니다."

"아! 그런 목적이라면 얼마든지 소문이 나도 좋습니다."

진무는 진평이 허명보다 실속을 좋아한다는 사실을 알고 마음에 들어 했다.

진평이 다시 물었다.

"병사들은 얼마나 되고, 지금 어디 있습니까?"

"내 휘하의 병력은 이만이지만 강서를 거쳐 병력을 추가하면서 오고 있으니 이곳에 도착하면 사만 정도는 될 것입니다. 그리고 절강에서도 이만 정도는 동원할 수 있습니다."

"좋습니다."

진평을 비롯한 지휘관들의 표정이 밝아졌다.

그 정도면 해 볼 만하다는 생각이 든 것이다.

진평은 지도에서 병력의 이동 경로를 확인한 후 진무, 장해, 유취, 정선 등과 비밀리에 작전을 수립했다.

며칠 후.

소주에서 대규모 선단이 출발했다.

배마다 미곡을 가득 실은 군량선이었다.

진평은 그 선단의 위치에 각별히 신경을 많이 써서 군영의 지도에 매일 표시를 했다.

설가영이 지도를 보며 진평에게 말했다.

"훌륭한 미끼네요."

진평이 미소 지으며 그녀에게 물었다.

"왜 미끼라고 생각하지?"

"이동 속도가 너무 느려요."

"그야 군량을 가득 실은 무거운 배들이 강물의 흐름을 거슬러 오려다 보니까 늦어질 수밖에 없는 거지."

설가영은 생긋 미소를 지었다.

"이 정도 속도로 오면 앞으로도 열흘은 더 걸릴 텐데, 소문을 들은 반군이 저걸 그냥 내버려 두겠어요? 형님이 그런 실수를 하실 리 없어요. 지난번에 입수한 명단을 이용해 적진에 역으로 정보를 흘리셨을 가능성이 더 커요."

진평이 소리 내어 웃었다.

"하하하……! 이거 못 당하겠군."

이번 작전에 대해 아는 사람은 자신과 진무, 장해, 유취, 정선, 그리고 병력을 동원해야 할 도지휘사까지 모두 여섯 명뿐이었다.

가까운 사람들에게도 얘기하지 않은 것은 그만큼 이번 결전에 신중을 기하기 때문이었다.

그런데 설가영이 선단의 진행 속도만 보고 눈치챈 것이다.

진평이 그녀에게 말했다.

"네가 알아차릴 정도라면 실패하는 거 아닐까?"

설가영은 고개를 가로저었다.

"저들은 우리보다 병력이 훨씬 많기 때문에 겁내고 움츠릴 이유가 없어요. 군량이 절실하게 필요하기도 하고요. 그리고 장복성이 없으니까 모든 일이 공교롭게도 때맞춰 일어나 준다는 사실에 대해서 의심을 품지도 않을 거예요."

"네가 병법까지 꿰뚫고 있을 줄은 몰랐는걸? 하하!"

설가영이 고개를 갸웃거렸다.

"하지만 미끼치고는 너무 아까운 것 아닌가요? 군량은 우리한테도 꼭 필요하잖아요."

"배에 쌀이 실려 있다면 아깝겠지."

설가영은 씩 웃었다.

"제가 괜한 걱정을 했네요."

*　　　*　　　*

섭종유와 등무칠의 군대는 미끼를 물었다.

설가영의 판단대로 그들은 군량이 필요했고, 관군과의 싸움을 두려워하지도 않았다.

그리고 무엇보다 세작들이 보내온 첩지를 철석같이 믿었다. 그들이 애써 캐낸 정보가 진평이 적당히 어렵게 입수하도록 안배해 놓은 것이라는 사실은 짐작조차 하지 못했다.

섭종유와 등무칠은 병력을 나누었다.

등무칠은 본진과 함께 안사진을 지키고, 섭종유가 날랜 기병들을 거느리고 관군의 군량선 도착 예정지인 청호진(淸湖津)을 치기로 했다.

섭종유는 군량을 모두 내리는 기한 다음 날로 출정일을 잡았다. 단순히 관군에 타격을 주는 데서 끝나는 게 아니라 미곡을 빼앗아 오는 일이 이번 습격의 목표였던 것이다.

마침내 결전의 날.

새벽에 본진을 떠난 섭종유의 부대는 호호탕탕 진격하여 곧바로 청호진으로 들이쳤다.

포구에 있던 관군은 반란군 기병을 보자마자 무기를 팽개치고 도망치기 바빴다.

섭종유는 크게 기뻤다.

정보가 정확했을 뿐만 아니라 기습 작전도 대성공이어서 관군 병력이 많지 않았던 것이다.

관군은 저항보다 퇴각을 선택했다.

섭종유의 기병으로 길이 막힌 터라 그들은 포구에 매여 있던 군량선에 올라타고 강으로 달아났다.

마음이 온통 도망치는 데 쏠려 있다 보니 저항은 더욱 미미해져서 반군은 거저먹기로 청호진을 점령할 수 있었다.

섭종유는 몹시 기뻐하며 관군을 비웃었다.

그리고 창고를 확인해 보도록 했다.

세작들의 첩보는 정확했다.

창고마다 쌀가마가 가득했고, 뒤쪽 공터엔 수십 대의 수레까지 세워져 있었다.

섭종유는 큰소리로 웃었다.

"이번 일이야말로 여반장(如反掌)이로구나. 하하하……! 쌀을 수레에 싣고, 각자 가져온 자루에도 담아라. 그리고 남는 건 모두 태워 버려라!"

부하들은 즉시 그 명령에 따랐다.

그리고 얼마 지나지 않아 섭종유를 당황하게 하는 보고가 이어졌다.

"장군님! 가마 안에 들어 있는 건 쌀이 아닙니다."

"짚 더미와 모래가 섞여 있습니다."

섭종유는 그 말을 믿을 수 없었다.

"그게 말이나 되는 소리냐?"

그래서 직접 창고로 들어가 확인을 해 보았는데 과연

쌀이 들어 있는 가마는 하나도 없었다.

섭종유는 가슴이 철렁했다.

함정에 빠졌다는 사실을 직감한 것이다.

그러나 부하들의 동요를 막기 위해 짐짓 아무렇지도 않은 척하고 큰소리로 말했다.

"이놈들이 잔재주를 부렸구나. 하지만 걱정 마라! 우리를 여기까지 꾀어내는 데는 성공했지만, 저들이 할 수 있는 일은 아무것도 없다."

병력에서 절대적 우위에 있기에 할 수 있는 말이었다.

그러나 상황은 섭종유의 생각처럼 만만하지 않았다.

청호진은 강으로 쑥 튀어나온 곶 지형이었다.

육로는 하나뿐이고 삼면이 강이라 입구를 막히면 꼼짝없이 갇힌 형국이 되는 것이다.

"와아……! 도적을 잡아라!"

"반도를 소탕하자!"

갑자기 사방에서 징 소리가 울리며 관군의 함성이 들려오자 섭종유는 즉시 전군에 전투준비를 지시했다.

그리고 직접 진두에 나섰는데, 눈앞에 펼쳐진 광경은 실로 놀라웠다.

숨어 있던 관군이 튀어나와 길을 두 겹, 세 겹으로 막고 있었다.

섭종유는 당황하지 않을 수 없었다.

"저들이 도대체 어디서 나온 병사들이지?"

남평현의 관군은 안사진의 등무칠이 제압하고 있는 상황. 뿐만 아니라 복주부의 도지휘사사 주변에도 정찰병을 빽빽이 배치해 놓고 있었는데 그들로부터 관군이 움직인다는 보고는 듣지 못한 상황이었다.

그런데 일이만을 헤아리는 대규모 병력이 길을 틀어막고 있는 것이다.

그들은 바로 영양후 진무가 동원한 절강성의 지원 병력으로 유취와 정선이 지휘하고 있었다.

수로맹 덕분에 신속하게 이동하여 강 건너에 은밀하게 숨어 있다가 마침내 발톱을 드러낸 것이다.

"관군보다 우리가 강하다! 겁먹지 말고 돌격하라!"

섭종유는 부하들을 독려했다.

그러나 관군의 방어 진형은 견고했다.

기병에 대비하여 궁수와 장창, 마참도를 충분히 준비하고 두 장수의 지휘 아래 체계적으로 대응하자 반란군 병력에 금세 막대한 피해가 누적되었다.

만약 너른 평원에서 맞붙었다면 섭종유의 기병이 훨씬 유리했겠지만, 청호진의 길은 좁았고 관군은 거기에 딱 맞춘 진형을 짜고 있었다.

설가영의 조언을 통해 완성된 방어진이었다.

섭종유는 부하들을 더욱더 다그쳤다.

그리고 자신도 전장에 뛰어들었다.

가짜 군량을 지키던 병사들이 배란 배는 전부 다 가지고 달아났기 때문에 강 쪽으로 빠져나가기는 불가능했다.

오로지 관군의 포위를 뚫는 것만이 살 길이었다.

그 사실은 섭종유뿐만 아니라 반군 병사들도 잘 알았다.

그들의 죽을힘을 다한 분전이 이어지자 관군의 방어진이 다소 늦추어졌다.

섭종유는 그 틈으로 전령들을 연이어 파견했다.

등무칠에게 구원을 청하는 것이었다.

그러는 동안, 뒤로 물러나던 관군의 방어진은 병력을 교대하면서 곧바로 강력한 모습을 다시 갖추게 되었다. 설가영의 조언이 빛을 발하는 순간이었다.

반란군 입장에선 끔찍한 일이었다.

섭종유는 부하들을 독려했다.

"조금만 더 버티면 대왕님의 군대가 와서 저들을 짓밟을 것이다. 물러서지 마라!"

섭종유의 병사들은 그 말을 믿고 사력을 다했다.

그러나 그 시간.

등무칠 역시 섭종유를 돌볼 여유가 없었다.

새벽에 섭종유가 떠나자마자 복주부의 도지휘사사에서 병력이 총출동하여 안사진으로 오고 있다는 척후병들의 보고가 들어왔다.

등무칠은 전군에 전투준비를 명하고 남평현의 움직임에도 각별한 주의를 기울였다.

양쪽 병력을 합쳐 봤자 삼만에 불과하지만 계속 움츠리고만 있던 관군이 움직인다는 사실에 긴장이 되는 게 사실이었다.

오후가 되어 복주부의 병력 중 선봉이 삼십 리 밖까지 당도했다는 척후병의 보고가 들어왔다.

등무칠은 전열을 정비하고 그들을 맞으러 나가려 했는데 섭종유가 보낸 전령들이 연달아 들이닥쳤다.

군량선은 속임수였고 청호진에 갇혔으니 어서 와서 구원해 달라는 내용이었다.

등무칠은 당황했다.

남평현과 복주부의 관군 병력을 자신이 혼자서 다 감당하고 있는데 도대체 무슨 병력에게 포위당했다는 것인지 이해가 되지 않았다.

거기에 더욱 놀라운 보고가 또다시 이어졌다. 북쪽과 서쪽 강변을 지키던 척후병들로부터 들어온 급보였다.

"대왕마마. 관군이 강을 건너고 있습니다!"

"그게 무슨 소리냐? 자세히 말해 보거라."

"수백 척의 배들이 관군을 실어 나르고 있사옵니다. 그 수는 강을 건넌 것만도 일만이 넘고, 앞으로도 얼마나 더

오게 될지 알 수가 없습니다."

등무칠은 당황함을 넘어 겁을 먹게 되었다.

그동안 진법에 둘러싸인 남평현을 노려보면서 시간을 끌며 점령하는 현의 수를 늘려 가면 결국 자신의 승리라고 생각했는데, 관군은 그동안 포위 작전을 구상하고 있었던 것이다.

원래대로라면 강 건너에도 척후병을 보내어 관군의 동태를 감시했어야 하지만 수로맹에 물길을 점령당한 이후엔 그 일이 불가능했다.

관군은 바로 그 점을 노렸다고 할 수 있었다.

제대로 한 방 맞은 등무칠은 좌우를 둘러보았다.

이럴 때 절실한 것이 장복성의 조언이었다.

그러나 그는 죽고 없었다.

공부 좀 했고, 병법도 안다는 부관들이 여럿 있었지만 그들을 전부 합해도 장복성 한 사람에 미치지 못했다.

죽으나 사나 스스로 결정할 수밖에 없는 상황.

등무칠은 전군에 방어 진형을 공고히 하도록 명령했다.

섣불리 움직이기보다는 일단 목책에 의지하여 굳게 지키면서 상황을 지켜본 후에 대응하기로 마음먹은 것이다.

섭종유가 보낸 전령들은 거듭 원군을 청했지만 등무칠은 그쪽을 돌아볼 겨를이 없었다.

복주부의 관군이 도착하자 남평현에서도 전군이 성문

을 열고 출정했다.

진평과 설가영, 석위와 홍패, 장해 등이 진두에 섰는데, 이번 일전의 중요성을 알기에 다들 긴장한 표정이었다.

복주부의 관군에 이어 진무가 이끄는 강서의 관군까지 도착하자 안사진의 너른 벌판은 하루 만에 수십만의 대병력으로 가득 차게 되었다.

여전히 숫자로만 따지면 등무칠의 병력이 더 많은 상황.

그러나 사기는 형편없이 떨어져 있었다.

그동안 저자세만 취하던 관군의 반격이 너무 의외였기 때문에 겁을 잔뜩 먹은 것이다.

진평은 그런 상황이 오래 지속되지 않을 것이라는 사실을 알았다.

그래서 반란군이 정신을 차리기 전에 선공을 가했다.

선봉장은 자기 자신이었고 부장은 석위였다.

단단한 반란군 진영에 구멍을 내고, 그 구멍에 날을 집어넣어 가르고, 두 쪽을 다시 네 쪽으로, 네 쪽을 여덟 쪽으로 잘게 쪼개야 반란군을 섬멸할 수 있는데, 처음 구멍을 내는 일이 가장 어려웠다.

진평은 자신과 석위, 갑장들과 복운표국의 무사들이 그 일에 가장 적격이라는 사실을 알았다.

진평의 부대가 돌진하자 반군 진영에서 일제히 화살을 쏘았다.

사람과 말이 죽고 다치며 쓰러졌지만 진평과 석위는 대도와 쌍칼로 화살들을 쳐 내며 기어이 목책 너머까지 들어가는 데 성공했다.

그들 앞엔 화살뿐만 아니라 장창도 소용없었다.

두 사람이 길을 열면서 반군 진영으로 파고드는 무림인들의 수는 계속 늘어났다.

일단 그렇게 뚫리자 구멍이 커지는 것은 시간문제였다.

마치 흠뻑 젖은 화선지에 먹물 한 방울을 떨어트린 것처럼 반군의 피해 범위는 급격하게 확산되었다.

등무칠은 상황이 심상치 않음을 알아차리고 자신이 직접 적의 선봉과 싸우기 위해 다가갔다.

그러다가 그는 보았다.

대도를 휘두르는 적장.

진평의 무시무시한 움직임을 보는 순간 숨이 턱 막히고 말았다.

등무칠 자신도 무공의 고수이다 보니 상대의 움직임을 보기만 해도 그 수준을 짐작할 수 있었다. 그런데 진평은 자신이 감히 평가하기조차 불가능한 고수였다.

등무칠은 즉시 말고삐를 잡아당겼다.

그리고 궁수들에게 명령했다.

"대도 든 자를 겨냥하고 쏴라!"

그러나 궁수들은 머뭇거렸다.

적이 진 밖에 있다면 모를까, 안에 들어와 있는데 쏘면 동료들이 다칠 수 있는 것이다.

등무칠은 개의치 않았다.

"당장 쏘라는데 무엇들 하느냐! 적장을 죽이는 자에게는 금 열 냥을 상으로 내리겠다."

금 열 냥이라는 말에 궁수들은 앞다투어 화살을 쏘기 시작했다.

그로 인해 진평의 기세는 다소 주춤했다.

소나기처럼 쏟아지는 화살들로부터 자신과 말을 지키면서, 동시에 적을 쓰러트리기는 쉽지 않았던 것이다.

그러나 진평의 움직임을 제한했다고 해서 다 끝난 게 아니었다.

석위를 비롯한 무림인들이 반군 진영 내부를 쑥대밭으로 만들고 있었다.

피해가 누적되자 반군은 술렁거렸다.

눈에 보이는 것은 사방을 포위하고 있는 관군이고, 들리는 것은 진영 내부에서 끊임없이 터져 나오는 비명이니 가슴이 떨리지 않을 수 없었다.

북서쪽과 남동쪽에 각각 포진하고 있던 영양후 진무와 장해는 그런 반란군의 변화를 유심히 관찰하고 있다가 일제히 돌격 명령을 내렸다.

지축을 뒤흔드는 함성과 말발굽 소리, 북소리가 반란군

의 겁먹은 가슴을 다시 한 번 두드렸다.

반대로 관군의 사기는 드높았다.

양측의 격돌이 시작되었고, 전황은 기대대로 관군에 유리하게 전개되었다.

반란군은 비록 목책을 잔뜩 세워 놓고 있었지만 그것이 성벽만큼 방해가 되는 것은 아니었다.

등무칠은 어떻게든 부대를 통솔하려고 노력했다.

그러나 진평과 진무 등이 가장 공들여 계획한 게 바로 그 부분이었다.

반란군에는 정식으로 군사교육을 받은 지휘관이 태부족하다는 사실을 알기에 어떻게든 명령의 전달이 원활히 이루어지지 않도록 방해하는 데 주력했다.

북서와 남동에서 파고 들어간 병력이 적 진영을 가르자 좌우로는 명령 전달이 두절되었다.

관군은 피해를 감수하더라고 그 절단 상태를 유지했다.

그러자 효과가 오래지 않아 나왔다.

중구난방으로 흩어진 병력은 전체 수가 아무리 많다고 해도 결국 오합지졸에 불과했다.

반란군은 다수의 이점을 살리지 못하고 잘게 나뉘어 각자 살아남는 수밖에 없었다.

싸움은 밤을 꼬박 새고 다음 날 새벽을 지나 아침까지 계속해서 이어졌다.

십만이 넘는 대규모 병력이다 보니 전세가 기울었다고 해도 결말이 금방 나지는 않았던 것이다.

진평과 석위는 등무칠을 잡기 위해 쉬지 않고 움직였다.

아침이 되어, 등무칠이 사용하던 화려하고 거대한 깃발은 찾았지만 당사자는 보이지 않았다.

진평은 주위를 둘러보았다.

어디에서도 화려한 갑옷이나 큰 깃발은 찾을 수 없었다.

등무칠이나 반란군 고위 간부들이 부하들을 버려두고 달아났을 가능성이 컸다.

진평은 진기를 한 모금 들이마신 후 큰 소리로 말했다.

"등무칠이 도망쳤다! 단순히 가담한 자들은 무기를 버리고 투항하면 목숨을 구할 수 있을 것이다!"

내공이 실린 목소리는 안사진 전체에 쩌렁쩌렁 울려 퍼지면서 전쟁의 함성과 소란까지 덮어 버렸다.

반란군 병사들은 크게 동요했다.

저녁까지만 해도 고함을 질러대던 등무칠이 밤사이 보이지 않게 되었다는 사실을 깨달은 그들은 싸울 의욕을 급격히 잃고 말았다.

"무기를 버리고 투항하면 죽이지 않겠다!"

진평의 목소리가 계속 이어지자 여기저기서 창을 던지고 무릎을 꿇는 병사들이 하나둘씩 생겨나기 시작했다.

그것은 마치 전염병이 번지는 것과 같았다.

한 명이 두 명이 되고, 두 명이 네 명이 되고, 다시 여덟 명, 열여섯 명으로 수가 늘어났다.

물론 모두가 그러는 것은 아니었다.

등무칠이 없다고 해도 계속 싸우려는 자들도 많이 있었다.

그러나 투항하는 병사는 그들에게도 영향을 미쳤다. 계속 싸우기보다는 도망쳐야 한다는 생각이 들게 만든 것이다.

그렇게 정오가 지나자 안사진을 가득 메우던 함성이 잦아들었다.

마침내 꼬박 하루 밤낮을 치러진 전투가 끝난 것이다.

뜨거운 태양 아래 안사진의 정경은 참혹하기 이를 데 없었다. 사방에 시체와 피, 부상자가 가득했다.

그래도 다행인 점은 관군의 압도적인 승리로 끝났다는 사실이었다.

반군은 죽고 다친 병사 수가 사만을 넘었고, 포로로 잡힌 수도 그 정도 되었다.

삼분지 일 정도만 겨우 살아서 빠져나간 것이다.

진평은 전령을 보내어 청호진의 상황을 물었다.

청호진 역시 전투가 끝나 있었다.

섭종유의 부대는 기어이 그곳을 탈출하는 데 성공했다.

그러나 부하들 대부분이 죽거나 사로잡혔고, 섭종유를

따라 빠져나간 인원은 삼십여 기에 불과하다는 보고였다.

보고를 받은 군영은 승리의 환호성으로 가득 찼다.

그동안 계속 물러서기만 하던 관군이 단 한 번의 싸움으로 그 많던 반란군을 섬멸한 것이다.

제8장
야망의 끝

　관군이 인원을 점고하고 전열을 정비하는 동안 진평은
장계상을 불렀다.

"시키는 대로 되었나?"

"물론입니다. 섭종유가 어디로 숨건 우리 기린맹의 추격
을 벗어날 수 없습니다."

"수고했어."

　진평은 장계상과 기린맹을 전투에 참여시키지 않고 따
로 임무를 맡긴 상태였다.

　그는 영양후 진무에게 가서 말했다.

"장군님, 잠시 이곳의 지휘를 맡아 주십시오."

　원래 있던 장해의 부대, 도지휘사의 병력에 더해서 영양후의 사병과 절강, 강서에서 끌어온 병력까지 한자리에 모이고 보니 그 규모는 어마어마했다.

이런 대병력을 지휘하는 일은 영양후 같은 권위 있는 노장이 제격이라 할 수 있었다.

진무가 물었다.

"명령이시라면 기꺼이 따르겠습니다. 헌데, 어사님은 무슨 다른 볼일이라도 있습니까?"

"예. 실은 섭종유에게 사람을 붙여 뒤를 쫓고 있습니다. 제가 따라가서 그를 잡고자 합니다."

진무는 반색을 했다.

"안 그래도 수괴를 둘 다 놓쳐서 아쉽던 참인데 그런 안배가 되어 있었다니 참으로 다행이군요! 그렇다면 시간을 지체하지 말고 어서 가 보십시오. 이곳의 일은 제가 알아서 하겠습니다."

"감사합니다."

참으로 마음 든든한 일이었다.

진평은 장해, 유취, 정선들에게 일일이 노고를 치하한 후 장계상과 함께 섭종유의 뒤를 추적했다.

설가영과 삼목객, 홍패와 석위가 그를 따랐고 갑장들이나 복운표국 무사들은 군영에 남겨 휴식을 취하고 부상을 치료하도록 했다.

인원이 많이 필요한 상황이 아니기 때문에 경공술에 차

이가 나는 그들은 남겨 둔 것이다.

경공술을 펼치면서 설가영이 진평에게 다가와 물었다.

"형님, 왜 등무칠이 아닌 섭종유를 추격하는 거죠?"

진평은 그녀가 대견했다.

비록 어려서부터 어머니에게 검술을 배웠다고는 해도, 본격적으로 무공을 익힌 것은 오래되지 않았는데, 벌써 경공술로 자신을 따라오면서 호흡에 문제없이 말을 할 정도의 내공을 지니게 된 것이다.

그녀가 그동안 자신에게 방해가 되지 않기 위해 얼마나 노력했는지 짐작할 수 있었다.

"왜 등무칠을 추적해야 한다고 생각하지?"

"그의 병력이 더 많고, 추종자도 더 많으니까요."

"그건 그렇지."

그러나 진평은 둘 중 한 사람을 풀어 주어야 한다면 섭종유보다는 등무칠을 살려 주고 싶었다.

그의 주장하는 바에는 동조할 만한 구석이 많기 때문이었다. 섭종유는 주씨를 끌어내리고 자기가 황제가 되겠다는 반란이고, 등무칠은 왜 관리와 지주는 농민을 못살게 굴면서도 호의호식하느냐는 데서 출발한 반란이었다.

지금에 와서는 등무칠도 대왕을 칭하게 되었으니 처음의 뜻이 희석되었다고 할 수 있지만, 그래도 산평왕이라는 왕호에는 대패로 깎아서 평평하게 만들겠다는 뜻이 담겨 있었다. 지주와 관리가 움켜쥔 부를 깎아 가난한 사람 쪽에 채워 평평하게 만들겠다는 생각을 가지고 있다는 자체만으로도 가치가 있다는 게 진평의 생각이었다.

섭종유를 쫓는 또 다른 이유는 암흑 속에 숨어 있는 진감호를 찾아내기 위해서였다.

진감호는 복건 땅이 온통 등무칠의 것이 되기라도 한 것처럼 떠들썩할 때에도 모습을 드러내지 않고 있었다.

장계상과 기린맹도 몇몇 작은 은신처만 발견했을 뿐 그 핵심은 찾아내지 못했다.

진평은 섭종유가 진감호의 소재를 알고 있으리라 생각했다. 그들은 광적의 난을 함께 일으킨 사이였기 때문이다.

섭종유와 부하들의 신세는 처량하기 짝이 없었다.

허다한 병력을 잃고 겨우 도망쳐 나온 그들 중엔 부상자가 많았고, 다들 지치고 굶주려서 등자를 밟은 다리에 힘이 풀려 있었다.

섭종유는 안사진으로 돌아가 원군을 보내 주지 않은 등무칠에게 따지려 했지만 돌아온 전령의 보고에 온몸의 힘이 쭉 빠지는 느낌을 받았다.

"전멸이라니……. 믿을 수가 없구나."

그의 부하 중 한 명이 물었다.

"장군님, 저희는 이제 어떻게 해야 합니까?"

섭종유는 일단 냇가를 찾아 물을 마시고 말을 쉬도록 한 후 밤하늘을 쳐다봤다.

구름이 끼어 달빛도, 별빛도 보이지 않는 하늘이 지금 자신의 처지를 대변해 주는 것 같았다.

그동안 자신의 세력과 병력, 본신 무공 등 모든 것에 자신감이 넘쳤지만, 지금은 아무것도 남아 있지 않았다.

병사는 서른 명 남짓이 남았을 뿐이고, 무공에 대한 자신감도 더 이상 내세울 수 없게 되었다.

청호진을 빠져나오면서 관군 장수 두 명과 싸웠는데, 거기서 전혀 우세를 점하지 못했던 것이다.

이제까지 관군 장수들과 수없이 많이 싸워 보았지만 그렇게 강한 자들은 처음이었다.

말투로 미루어 보건대 경사에서 파견된 무관들 같았다.

그들을 피해 도망치는 바람에 병력을 제대로 지휘하지 못했고, 그것이 결국 참패로 이어졌다.

땅이 꺼져라 한숨을 내쉬던 섭종유는 결정을 내렸다.

"일단 진감호에게 가서 몸을 의탁하고 후일을 기약하도록 하자."

처음엔 대왕을 칭하던 자신이 한 번 강서로 쫓겨 갔다 돌아와서는 등무칠의 세력에 기댔고, 이젠 다시 진감호에게 굽히고 들어가야 한다고 생각하니까 자존심이 상했다.

그러나 달리 방법이 없었다.

섭종유는 관군의 추적을 우려하여 낮엔 숲에 숨고 밤에만 길을 가기를 반복하여 닷새 만에 대율산(大栗山) 기슭에 도착했다.

섭종유는 주변 지형을 살피며 이동하다가 어느 분지에 멈추어 날이 어두워지기를 기다렸다.

그리고 밤이 되자 부하들에게 횃불 세 개를 켜서 좌우로 동시에 흔들도록 했다.

얼마나 시간이 지났을까.

산에서 일단의 병사들이 내려왔다.

그들은 섭종유 일행을 훑어본 후 군례를 올렸다.

"장군님을 뵙습니다."

섭종유가 반가운 얼굴로 물었다.

"진 장군은 지금 이곳에 있겠지?"

"예. 무슨 일로 찾아오셨는지 궁금해하십니다."

섭종유는 안도의 한숨을 내쉰 후 대답했다.

"왕위를 이양하기 위해서 왔다."

진감호의 부하들은 미심쩍은 표정을 지었다.

섭종유가 왕이 된 것은 오로지 자기 마음대로 결정한 일일 뿐, 무슨 명분이나 정통성이 있는 게 아니었다.

그런데 그런 왕위를 넘겨준다는 게 무슨 의미가 있겠는가.

그러나 섭종유 입장에선 빈손이나 다름없는 지금 이용할 수 있는 건 다 꺼내 놓아야 했다.

"내가 천하의 정세를 살펴보니 장차 민심이 진씨에게로 향할 게 분명하다. 그래서 특별히 찾아와 진 장군에게 대왕의 자리를 양보하고 그를 돕고자 하는 것이다."

진감호의 부하들은 자기들끼리 결정할 수 없는 일이라 위로 사람을 보냈다.

한참의 시간이 흐른 후 올라갔던 병사가 돌아왔다.

"섭 장군을 위로 모시라 하셨습니다."

섭종유는 몹시 기뻤다.

그는 나름대로 의관을 정제한 후 자기 병사들은 밑에서 기다리도록 하고 진감호의 부하들을 따라 산을 올랐다.

산 중턱에 당도하자 진감호가 십여 명의 심복들과 함께 마중을 나와 있었다.

섭종유는 그에게 정중히 읍(揖)부터 했다.

"오랜만입니다. 진 형."

진감호는 놀란 표정으로 다가와 그를 제지했다.

"섭 형, 우리 사이에 예가 과하십니다."

그는 오래전부터 섭종유가 이렇게 자신을 낮추는 모습은 본 적이 없었다.

그만큼 절망적인 상황이고 도움이 간절하다는 의미일 터였다. 왕위 이양 같은 헛소리를 꺼내는 것도 마찬가지 이유에서라고 볼 수 있었다.

그럼에도 불구하고 진감호가 섭종유를 내치지 않고 맞이한 것은 그에게 든든한 지지 기반이 있기 때문이었다.

처음 광적의 난을 일으켰을 때 그를 따르던 고을들이 적지 않으니 곁에 두면 최소한 손해는 아닐 거라는 계산이었다.

"진 형! 내가 관군의 간계에 빠져 실수를 하고 잠시 곤궁한 처지에 처하게 되었소."

섭종유는 진감호에게 그동안 있었던 일들을 간추려서 얘기해 주었다.

진감호는 맞장구를 치며 그의 얘기를 다 들어 주었지만 깊이 믿지는 않았다.

결과가 이렇게 된 지금, 아무리 얘기를 해 봤자 결국 본인 입장을 변명하는 데 불과하기 때문이었다.

진감호가 갑자기 물었다.

"섭 형, 여기까지 오는 동안 혹시 미행은 없었습니까?"

뭔가 위화감이 느껴졌던 것이다.

"하하! 누가 감히 내 이목을 벗어나 따라올 수 있겠소?"

그러나 진감호는 미심쩍은 표정으로 주변을 둘러보았다.

그리고 그의 표정이 점점 굳었다.

처음엔 미약하기 그지없었지만 강렬한 기도들이 점점 더

가까워졌고, 마침내 확연히 드러났던 것이다.

섭종유도 비로소 눈치를 챘다.

진감호는 예리한 눈으로 어두운 숲의 한 지점을 주시했다. 그리고 그곳으로부터 한 사람이 걸어 나왔다.

바로 진평이었다.

"오랜만입니다, 형님."

그의 뒤를 따라 석위와 설가영, 삼목객 등도 모습을 드러냈다. 홍패는 빠져 있었다.

그들 네 명의 면면을 살펴보는 진감호의 얼굴이 분노로 일그러졌다.

"이런 멍청한 자식!"

그는 느닷없이 한 발 크게 내디디며 섭종유의 가슴에 일장을 내뻗었다.

"크억……!"

설마 자신에게 손을 쓰리라고는 상상도 못했던 섭종유가 피를 토하며 나뒹굴었다.

"이, 이게 무슨……."

그는 몸을 일으키려 했지만 중심을 잃고 다시 쓰러졌다.

진감호의 빠르고 위력적인 일격에 심각한 내상을 입은 것이다.

섭종유는 믿을 수 없다는 표정으로 진감호를 쳐다봤다.

그가 이제까지 알고 있기로는 자신의 무공이 그보다 위

에 있다고 생각했는데, 사실은 그게 아니었던 것이다.

진감호는 섭종유를 꾸짖었다.

"어쩌면 이런 바보 멍청이 짓을 할 수 있단 말이냐! 저들을 이리로 안내하다니!"

섭종유는 내상 때문에 대답은커녕 호흡조차 쉽지 않았다.

진감호의 부하들은 진평 일행을 에워쌌다.

그들은 진감호를 가까이에서 호위하는 심복들로, 대부분 고강한 무공을 지닌 고수들이었다.

진평이 좌우를 둘러본 후 진감호에게 말했다.

"좋은 곳에 자리를 잡으셨군요."

대율산은 절강과 복건과 강서의 경계가 만나는 지점이라 각 성의 관리들이 서로 자기 관할이 아니라고 팔밀이를 하는 곳이었다.

동시에 멀지 않은 곳에 강이 흐르고 있어서 어디로든 쉽게 이동할 수도 있었다.

진감호는 입맛을 다신 후 진평에게 말했다.

"결국 이렇게 만났구나."

"예, 그렇습니다. 이젠 끝낼 때가 되었습니다."

진감호는 미간을 찌푸렸다.

"끝을 낸다……. 꼭 그리해야 하는 건가?"

"아직도 형님에겐 기회가 있습니다."

강시들을 보내어 자신을 죽이려 했지만, 그래도 진감호는 진평에게 마지막으로 남은 혈육이었다.

어린 시절을 함께 보낸 정을 생각하여 한 번 더 기회를 주고 싶은 게 진평의 마음이었다.

진감호는 냉소를 지었다.

"야망을 포기하느니 차라리 죽음을 택하겠다!"

그가 손짓을 하자 그의 부하들이 일제히 무기를 뽑아 들고 진평 일행을 협공했다.

진평은 나직이 한숨을 내쉬었다.

그리고 그의 철적이 바람을 가르기 시작했다.

짧고 간명한 움직임.

진감호의 부하들 중 누구도 그 움직임을 막아내지 못했다.

그와 함께 온 석위와 설가영, 삼목객도 결코 만만한 고수가 아니었다.

그러다 보니 수적 우위는 별 의미가 없게 되고 말았다.

부하들이 모두 제압당하는 동안 진감호는 눈 한 번 깜빡이지 않고 진평을 관찰했다.

그 역시 본혈방의 비전을 이어받았고, 진평보다 앞서서 방주 후보가 되었던 사람이다 보니 진평이 쓰는 수법은 모두 꿰고 있었다.

또한 천하의 모든 문파의 초식들에 대해서도 광범위한

지식을 지니고 있었다.

그러나 지금 진평의 움직임은 진감호의 모든 분석 시도를 무색하게 만들었다.

진감호의 부하들이 평생 닦은 무공을 총동원하여 사력을 다했지만, 진평은 가장 단순하고 짧은 경로를 통해 철적을 쭉 뻗는 하나의 동작만으로 그들을 제압했다.

진감호는 자기도 모르게 침을 꿀꺽 삼켰다.

자신은 아직 그런 경지에 도달하지 못했음을 자각했기 때문이다.

결국 부하들이 모두 쓰러지자 그는 손가락을 탁 튕겨 신호를 했다.

그러자 먼저 독한 약 냄새가 풍겨 오기 시작했다.

그리고 모산파 도사들과 함께 강시 삼십여 구가 모습을 드러냈다.

모산파 장문인 마맹기도 보였다.

진평 쪽에서도 움직임이 있었다.

부스럭거리는 소리와 함께 수십 명이 나타났는데, 그들은 바로 곽예걸이 이끄는 수로맹의 고수들이었다.

홍패가 그들을 데려온 것이다.

모산파 장문인 마맹기를 발견한 곽예걸의 두 눈은 분노로 이글거렸다.

그 시선을 의식한 마맹기는 흠칫했지만 곽예걸이 왜 그

러는지 이유는 알지 못했다.

진감호는 마맹기에게 턱짓을 했다.

강시들에게 명령을 내리라는 뜻이었다.

혼자라면 진평을 이기기 힘들겠지만, 강시와 함께라면 가능성이 있다는 게 진감호의 계산이었다.

일이 이렇게 된 이상 진평을 쓰러트리는 것 말고는 다른 방법이 없었다.

진평이 말했다.

"형님, 포기하십시오."

끝까지 그에게 기회를 주고 싶은 게 진평의 마음이었다.

그러나 진감호는 냉소를 지으며 검을 뽑아 들었다.

"설령 나를 죽인다 해도 내 뜻은 꺾지 못할 것이다."

그리고 그는 내력을 있는 대로 끌어 올렸다.

지난번에 이미 패배를 맛보았기 때문에 이번엔 단 한 번의 기회에 모든 것을 걸 생각이었다.

진평의 표정도 굳었다.

진감호의 각오를 감지할 수 있었기 때문이다.

강시들로 이루어진 장벽 사이에 날카로운 이빨과 발톱을 드러낸 맹수가 몸을 숙이고 있는 느낌이었다.

진감호는 얼마 전까지만 해도 자신보다 강한 고수였다.

지금은 몇 가지 깨달음으로 인해 차이가 난다고 해도, 강시들을 더한 진감호의 위력은 결코 경시할 수 없었다.

죽음도, 상처도 두려워하지 않는 삼십여 구의 구유반혼 강시 또한 만만치 않은 위협이었다.

그나마 다행이라고 할 수 있는 것은, 강시들 중에 불패 권왕 같은 고수는 더 이상 없다는 사실이었다.

진평은 상대의 공격을 기다리지 않았다.

먼저 철적을 휘둘러 가까이 있는 강시를 찍었다.

진감호의 입술 끝이 올라갔다.

도검불침의 강시를 그런 식으로 공격하는 것은 허점을 드러낼 수 있는 행동이었기 때문이다.

그러나 놀라운 일이 벌어졌다.

철적이 닿은 가슴은 멀쩡한데, 등이 퍽! 소리를 내며 터진 것이다.

삼매진화의 열기를 철적을 통해 자유롭게 전달함으로써 얻어낸 결과였다.

예전에는 검을 몸에 찔러 넣은 후에야 열기를 주입할 수 있었지만 지금의 진평은 단지 닿기만 하는 것으로도 몸 반대편까지 경력을 전달하는 경지에 올라서 있었다.

강시들은 동료의 그런 모습을 보고도 두려움 없이 괴성을 지르며 한꺼번에 달려들었다.

뒤에서 지켜보던 설가영이 외마디 신음을 흘릴 정도로 무서운 공세였다.

그러나 공격을 당하는 당사자인 진평은 오히려 차분했

다. 그의 시선은 진감호에 고정되어 있었다.

그러면서 휘두르는 그의 철적에 닿은 강시들은 그 닿은 부위가 어디건 쩍! 갈라지며 터져 나가서 제대로 전투력을 발휘할 수 없게 되었다.

진감호는 결단을 내려야 했다.

자신을 도울 강시들이 계속 줄어드는 모습을 멍하니 지켜볼 수만은 없었다.

그는 우렁찬 기합과 함께 몸을 날렸다.

탄천벽에 가까운 빠른 신법!

거기에 강맹하기 이를 데 없는 검강이 더해져 강시들을 상대하고 있는 진평의 가슴으로 향했다.

가히 산이라도 쪼개 버릴 것 같은 경력이 담긴 공격.

쩡! 하는 굉음과 함께 검과 철적이 마주쳤다.

그것이 시작이었다.

순식간에 수십 개의 불꽃이 튀면서 두 사람을 둘러싼 공기가 회오리바람을 일으켰다.

검과 철적 부딪히는 소리에 내공이 약한 진감호의 부하들은 귀를 막을 정도였고, 강시들은 그 와중에도 달려들다가 이리저리 튕겨 나가기 바빴다.

개중에는 진감호의 검에 베이는 강시도 있었다.

진감호는 오로지 진평에게만 집중했기 때문에 움직임에 방해가 되면 모두 한꺼번에 베어 버린 것이다.

그 질긴 강시의 몸이 썽둥썽둥 잘려 나가는 모습이 진감호의 내공수위를 여실히 드러내어 보여 주고 있었다.

구경하던 석위와 홍패, 설가영을 모두 긴장하게 만드는 절륜한 무공이었다.

그러나 진평과는 분명한 차이가 있었다.

진감호의 검로는 조금씩 빗나가고 있었고 그 차이는 계속 누적되었다.

진감호는 패배를 직감했다.

진평이 쓰는 수법이 무엇인지, 그는 누구보다 잘 알았다.

자신도 익힌 회풍류.

그러나 자신이 아는 것과는 달랐다.

강력하게 끌어당기는 묘용이 섞이면서 그 위력이 두 배로 강화된 느낌이었다.

이런 식으로 계속 나가면 패배라는 정해진 결말에서 벗어날 수 없다는 사실을 깨달은 진감호는 다소 무리가 있더라도 결과를 바꿀 수 있는 시도를 하지 않을 수 없었다.

본혈방의 비고에 있는 무공 중에서 가장 패도적인 수법.

전광천심수(電光穿心手)가 그의 선택이었다.

자신의 몸이 상하더라도 상대를 꼭 죽이고 싶을 때 쓰는 비전 절기로, 진감호 자신도 이 수법을 쓰는 상황에 처하게 될 거라고는 생각하지 못했었다.

계속 밀리는 검로를 수정하며 기회를 노리던 진감호의 눈이 한순간 빛났다.

"받아라!"

마침내 회심의 일격이 펼쳐졌다.

그러나 진평과 시선이 마주친 순간 진감호는 뭔가 허망한 느낌에 사로잡히게 되었다.

손이 닿기도 전에 자신의 육감이 먼저 부질없는 도전이라는 사실을 알아차린 것이다.

"크윽……!"

두 사람의 손바닥이 격렬하게 마주치고, 진감호의 입에서는 신음이 새어 나왔다.

단 한 번의 격돌이지만 승부는 그 순간 갈렸다.

손바닥을 통해 침투한 경력이 단번에 단전으로 파고들어 진원지기를 박살내 버렸기에 진감호로서는 그저 놀란 눈으로 진평을 바라보는 것 말고는 할 수 있는 일이 없었다.

전광천심수의 강력한 파괴력도 진평의 정순하고 단단한 내력 앞에선 위력을 발휘할 수 없었던 것이다.

구경하던 사람들은 두 사람의 손바닥이 한 번 부딪혔을 뿐이라 무슨 일이 일어났는지 알 수 없었다.

그러나 진감호의 몸 안에선 이미 기경팔맥이 조각조각 끊긴 상태였다.

"형님……."

진평의 눈가에 눈물이 맺히는 것을 보며 진감호는 쓰러졌다. 진평이 얼른 그를 부축해 안았다.

그 광경을 본 마맹기는 즉시 손가락을 입에 넣고 휘파람을 불어 살아남은 강시들을 불러들였다.

진감호가 쓰러진 이상, 이곳에 남아 있어 봤자 길보다 흉이 많을 것이었기 때문이다.

약삭빠르고 민첩한 행동이라 할 수 있었다.

마맹기와 모산파 제자, 강시들이 일제히 달아나자 곽예걸은 추적 명령을 내렸다.

홍패와 석위도 그 대열에 동참했다.

섭종유도 슬금슬금 어둠 속으로 몸을 숨겼다.

그 소란 통에 진감호는 마지막 힘을 짜내어 손을 진평의 뺨에 갖다 댔다.

"평아……."

진감호의 손이 진평의 얼굴을 더듬었다.

이미 시각이 차단되어 동생의 존재를 손으로밖에 확인할 수 없었던 것이다.

"고맙구나. 구차한 모습을 보이지 않게 해 주어서."

"형님!"

진감호의 목소리가 또렷한 것은 그의 내상이 회복되어서가 아니라 회광반조(迴光反照) 현상이었다.

"나는 기쁘다."

진감호의 말이 이어졌다.

"네 무공이 이렇게까지 깊어진 줄은 몰랐구나. 네가 마교 교주를 쓰러트렸다는 소문을 듣고 나도 할 수 있을 거라고 생각했는데……. 지금 돌이켜 보니 터무니없는 망상이었구나. 하하……!"

말하는 중에 입가로 피가 새어 나와 뺨으로 흘렀다.

"형님……."

"이렇게 되고 보니, 그동안 죽자 사자 매달렸던 모든 일이 다 부질없게 느껴지는구나. 우리가 어릴 적 함께 연공하던 동굴에 언제 한번 들려 보도록 하거라……."

목소리가 점점 작아졌다.

마지막 남은 생명의 불길이 다 타 버린 것이다.

진감호는 마지막으로 진평의 손을 힘껏 쥐며 말했다.

"훌륭하다! 네가…… 진정한 방주다."

그 말을 끝으로 진감호의 손은 힘없이 늘어졌다.

진평은 고개를 숙인 채 한동안 움직이지 않았다.

마맹기와 진감호의 부하들이 도망치고 수로맹은 그 뒤를 따라갔기 때문에 대결의 현장에 남은 사람은 진평과 설가영, 삼목객뿐이었다.

진평의 어깨가 조금씩 들먹거리고 있었다.

설가영은 진평에게 충분한 시간을 주었다.

그리고 한참이 지난 뒤에 다가가 진평의 뒤에서 그를 가만히 안아 주었다.

진평은 깊은 위안을 느꼈다.

이제 세상에 자기 혼자라는 생각이 가득했는데, 설가영이 그 느낌을 상쇄시켜 준 것이다.

그녀가 자기 곁에 있다는 사실이 고마웠다.

*   *   *

마맹기는 자기 사부를 속여 강시로 만들 정도로 간악하고 잔인하면서, 동시에 머리도 좋은 인물이었다.

진감호의 진영에 머무는 동안에도 반란이 실패할 경우에 대비하여 탈출로를 준비해 두고 있었다.

그는 도망치면서 진평이 망가뜨리지 않은 강시의 수부터 확인했다.

그리고 그들 중 뒤에 처진 강시 셋에게 명령했다.

"너희는 그 길목을 지켜라!"

강시들은 즉시 명령에 따라 좌우로 늘어섰다.

그들과 맞닥뜨리게 된 석위와 곽예걸, 홍패는 옛 생각이 떠올라 침음성을 흘렸다.

진평이라면 몰라도, 자신들은 강시를 단번에 제압할 재주가 없었던 것이다.

그러나 추격을 중단할 수도 없었다.

곽예걸이 먼저 몸을 날려 강시의 턱을 발로 걷어찼다.

"크워어……!"

강시는 괴성을 지르며 뒤로 날아갔다.

그리고는 곧바로 일어나서 아무 일도 없었다는 듯이 덤벼들었지만 곽예걸과 석위, 홍패 등은 이들이 예전과는 다르다는 사실을 금방 알아차릴 수 있었다.

구유반혼강시는 특수한 약액을 써서 시체를 유연하게 재생한 마물이었다. 특히 죽기 전에 지니고 있던 무공을 고스란히 유지한다는 게 가장 무서운 점이었다.

본신 무공은 그대로고 방어에 대해선 전혀 신경을 쓰지 않아도 되기 때문에 살아 있을 때보다 두 배, 세 배 강한 전투력을 가지게 되는 것이다.

그러나 원래 무공이 뛰어나지 않았던 시체로 강시를 만들면 없는 실력이 저절로 생기지는 않았다.

지금 마맹기를 돕는 강시들은 예전에 진평이 터뜨려 버린 강시들에 비해 실력이 떨어졌다.

마맹기는 급히 그 수를 채웠지만 짧은 기간 안에 고수의 시체를 구하기는 어려웠다.

그나마 실력이 나은 강시들은 조금 전 진감호와 함께 진평을 협공할 때 앞장섰다가 대부분 먼저 망가지고 말았다.

강시들의 상황을 알아차린 석위와 홍패는 자신감을 가지고 그들을 공격하여 멀찍이 날려 버릴 수 있었다.

강시들은 아무 상처도 없이 곧바로 일어나 다시 덤벼들었지만 일행은 이미 그 길목을 통과한 뒤였다.

세 강시는 처음대로 나란히 길을 막고 섰다.

곽예결 일행을 쫓아갈 생각은 하지 못하고 그저 명령에만 곧이곧대로 따르는 것이었다.

마맹기는 적의 추격이 계속 이어지자 나머지 강시들 모두에게 명령을 내렸다.

"놈들을 끝까지 추적해서 죽여라!"

이전의 명령이 다급한 중에 잘못 나왔음을 깨닫고 수정한 것이었다.

강시들은 흰 눈을 번뜩이며 추적자들을 향해 달려들었다.

석위와 곽예결은 어렵지 않게 그들을 쓰러트렸다.

그러나 이번엔 강시들의 대응이 달랐다.

악착같이 달라붙어서 여간 곤혹스러운 게 아니었다.

시간이 지체되자 마맹기는 간격을 훌쩍 벌릴 수 있었다.

산을 내려와 강변에 도착한 그는 숨겨 둔 배를 꺼내어 탔다.

넉넉히 준비해 두었기 때문에 자신의 제자들뿐만 아니라 진감호의 남은 부하들까지 모두 탈 수 있었다.

배가 강으로 들어서자 마맹기는 비로소 안도의 한숨을 내쉬었다.

비록 이번 복건행에서 그동안 심혈을 기울여 준비한 강시들을 모두 잃기는 했지만, 어쨌거나 무사히 빠져나왔으니까 재기의 길은 열려 있다고 할 수 있었다.

그러나 선단이 강심으로 들어선 지 얼마 지나지 않아 어둠 속에서 움직이는 다른 배들이 보였다.

마맹기는 선수를 돌려 다른 쪽으로 가려 했다.

그러자 어둠 속의 배들도 따라왔다.

그리고 횃불들이 밝혀지면서 고함 소리가 들려왔다.

"우리는 수로맹이다! 목숨이 아까우면 배를 멈추어라!"

마맹기는 당황했다.

산에서 만난 적을 피해 강으로 빠져나왔는데 수적들을 만날 줄은 몰랐던 것이다.

제자들 역시 당황한 표정으로 마맹기의 지시를 기다렸다.

"최대한 빨리 저어서 빠져나가자."

모산파 제자들과 진감호의 남은 부하들은 있는 힘을 다해 노를 저었고, 배들은 물살을 가르며 빠르게 나아갔다.

그러나 그들이 아무리 힘이 세다고 해도 수적질로 잔뼈가 굵은 수로맹 식구들만큼 배를 잘 다룰 수는 없었다.

순식간에 거리가 좁혀지는가 싶더니 화전(火箭)이 수십 발씩 연속적으로 날아왔다.

"으악……!"

"크아악……!"

모산파 제자들과 진감호의 부하들 중 무공이 약한 자들은 비명을 지르며 쓰러졌다.

좁은 배 안에서 달리 피하거나 숨을 곳이 없었던 것이다.

마맹기는 배에 불이 붙는 모습을 보면서 이런 식으로는 수적들로부터 도망칠 수 없다는 사실을 깨달았다.

"배를 강변으로 대라!"

그리고 그는 선미로 가서 장검으로 날아오는 화살들을 쳐 냈다. 화전 사이에 보통 화살들도 섞여 있어서 막아내는 게 쉬운 일은 아니었다.

그래도 다른 배들과는 달리 마맹기가 탄 배는 그의 보호 덕분에 간신히 강변에 닿는 데 성공했다.

그러나 수초와 갈대가 무성한 지점을 통과하면서 속도가 급격히 느려졌다.

제자들이 뱃사람이 아니다 보니 어둠 속에서 항로 선택을 잘못한 것이다.

"좀 더 힘을 내서 저어라!"

그러나 배의 속도가 계속 느려지기만 하자 마맹기는 제

자들과 함께 탈출하기가 불가능하다는 사실을 깨달았다.

그는 검으로 뱃전을 일부 잘라 강물에 던진 후 몸을 날려 그것을 밟고 갈대밭 너머로 무사히 건너갔다.

빼어난 경공 실력이었지만 배에 탄 모산파 제자들은 장문인의 솜씨에 감탄할 계제가 아니었다.

그가 자신들을 버렸음을 깨달았기 때문이다.

제자들의 등으로 수적들이 쏜 화살들이 쏟아졌다.

강변에 내려선 마맹기는 제자들의 비명을 듣고 뒤를 한번 돌아보았다.

그러나 곧 고개를 돌렸다.

강시를 다시 만들면 되듯, 제자도 다시 모으면 되는 것이다. 중요한 것은 자신의 안전이었다.

대율산을 등지고 강을 따라 한참을 달리다 보니 어느새 날이 밝아 오고 있었다.

마맹기는 뒤를 돌아보았다.

쉬지 않고 달린 탓인지 대율산의 봉우리들이 까마득하게 멀어 보였다.

그는 안전을 확신하고 걸음을 늦추었다.

그런데 얼마쯤 가다가 관도에서 흙먼지 이는 게 보였다. 일단의 기병이 깃발을 들고 어디론가 달려가는 모습이었다.

마맹기는 섭종유를 통해 반란군이 관군에 크게 패했다

는 사실을 알았다.

반란군 쪽에 몸담았던 자신이 복건에 머무는 것은 아무래도 득보다 실이 많을 거라고 생각한 그는 강을 건너 강서로 가기로 결심했다.

마맹기는 반 시진 정도 걸어 나루터를 찾았다.

그러나 관군이 배치되어 있는 것을 발견하고 나루터는 포기할 수밖에 없었다.

관군을 제압하는 것은 어렵지 않겠지만 공연히 시끄럽게 했다가 대율산에서 봤던 그 패거리가 추격해 오기라도 하면 골치 아프다고 생각한 것이다.

한동안 강변을 따라 걷던 마맹기는 어부 두 명이 그물을 깁고 있는 모습을 보고 다가갔다.

"고기가 많이 잡힙니까?"

두 어부는 촌사람답게 순박하면서도 외부인을 경계하는 모습을 보였다.

"요즘은 씨알 굵은 놈이 없어서 흥이 안 납니다."

"그렇다면 부수입 좀 잡아 보시겠소? 강을 건네주면 은 한 냥을 드리리다."

두 어부는 눈이 휘둥그레졌다.

"그, 그게 정말입니까?"

"정말이고말고요."

마맹기는 강을 건넌 뒤 그 둘을 죽일 생각이었다.

제자들도 버리고 도망치는 마당에 자신의 종적을 아는 사람을 남겨 둘 이유가 없는 것이다.

그런 그의 속마음을 모르는 두 어부는 깁던 그물을 팽개치고 마맹기를 자신들의 배에 태웠다.

그리고 강심으로 저어 가는 내내 싱글벙글 웃었다.

뜻밖에 찾아온 행운에 기뻐하는 모습들이었다.

마맹기는 그들과 시선이 마주칠 때마다 따라 웃어 주었다.

그리고 속으로는 강을 다 건너기만 하면 숨이 끊어질 그들의 미래를 비웃었다.

배가 강의 중심에 도달할 무렵.

어부 한 명이 선창을 뒤지더니 대나무 통 하나를 꺼내어 불을 붙였다.

그러자 죽통이 하늘로 치솟아 올라가더니 노란 연기를 잔뜩 남긴 후 떨어졌다.

마맹기는 깜짝 놀랐다.

"이게 뭐 하는 짓인가?"

눈에 띄는 행동은 그가 바라는 바가 아니었다.

그러자 두 어부가 예의 그 웃는 낯으로 대답했다.

"사부를 죽여 강시로 만든 못된 놈이 있다던데, 혹시 그게 누구인지 아십니까?"

마맹기는 그제야 이들 두 사람이 보통 어부가 아니라는

사실을 알고 검을 뽑았다.

그러자 두 어부는 곧바로 물에 뛰어들더니 자맥질로 한참을 간 후에 물 위로 머리를 내밀고 웃었다.

"이놈아! 우리 수로맹이 복건의 모든 물길을 장악하고 있는데 배를 타다니. 어쩌면 그렇게 멍청할 수 있단 말이냐? 하하하……!"

마맹기는 대율산에서 충분히 멀리 왔다고 생각했지만, 그것은 육로 기준이었다. 뱃길로는 대율산과 어부들이 그물 깁던 장소가 지척지간이나 마찬가지였다.

대율산에서 마맹기를 놓친 곽예걸은 모든 채주에게 용모파기와 예상 도주 경로를 가르쳐 주고 절대로 빠져나가지 못하게 하라고 엄명을 내려놓은 상태였다.

그런데 낯빛 시커먼 사내가 검은 도복을 입고 나타나 배를 태워 달라고 했으니 어부로 변장한 수적들이 내내 싱글벙글 웃을 수밖에 없었던 것이다.

수로맹이란 소리에 잔뜩 겁을 먹은 마맹기는 어부들이 버린 노를 대신 집어 들고 젓기 시작했다.

강을 절반은 건넜으니 수로맹 배들이 오기 전에 나머지를 건너 육지에 닿으면 되는 것이다.

그러나 생전 처음 잡은 노를 제대로 다루기는 쉽지 않았다. 본 걸 흉내 내서 좌우로 힘껏 저어 보았지만 배는 꼬리를 흔들기만 할 뿐 전진을 하지 못했다.

마맹기는 긴 노를 포기하고 갑판에 놓인 작은 노로 배 좌우의 물을 번갈아 긁어 당겼다.

그러자 비로소 배가 강변을 향해 움직였다.

그 광경을 본 수적들의 머리가 물속으로 쏙 들어갔다.

그리고 잠시 후 마맹기는 선수가 돌아가는 것을 보고 깜짝 놀랐다.

강변을 향하던 배가 하류 쪽으로 머리를 돌린 것이다.

어부들이 물속에 잠수해 들어가서 작란한다는 사실을 알았지만, 배 위에서 검을 들고 호통치는 것만으로는 배의 방향을 틀 수 없었다.

마맹기가 빙글빙글 도는 배와 싸우고 있는 동안 연기를 발견한 수로맹 배들이 속속 도착했다.

마맹기는 노를 버렸다.

강변 쪽이 모두 막혀서 빠져나갈 기회는 더 이상 없다고 판단한 것이다.

배 다루는 법이나 수영을 진작 좀 배워 뒀으면 좋았을 거라는 생각이 들었지만, 이제 와서 하는 후회는 의미 없었다.

수로맹 배들은 마맹기의 배를 멀찍이서 에워싸기만 할 뿐 공격해 오지 않았다.

얼마나 지났을까. 큰 배 한 척이 다가왔다.

"으으……."

마맹기는 침음성을 흘렸다.

그 배에 타고 있는 진평을 발견했기 때문이다.

진감호를 제압하는 그의 무공을 봤기에 오늘 이 자리에서 무사히 빠져나가기는 쉽지 않을 거라는 예감이 들었다.

진평은 나중에 일행에 합류하여 강시들을 모두 처리한 후 따로 빠져나가 사촌 형 진감호의 장례를 치렀다.

그와 설가영만 참여한 조촐하고 간소한 의식이었다.

그리고 돌아오는 길에 마맹기를 찾았다는 소식을 듣고 동행한 것이었다.

마맹기는 줄곧 진평을 의식하고 노려봤는데, 상대는 그가 아니었다.

한 사람이 표홀한 신법으로 배에서 뛰어내려 마맹기가 탄 배에 내려섰다.

그는 바로 수로맹주 곽예걸이었다.

뒤뚱거리는 배에서 급히 균형을 잡은 마맹기가 검으로 그를 가리키며 물었다.

"너는 누구냐?"

곽예걸은 냉소를 지었다.

"이제 더는 도망갈 수 없겠지."

마맹기는 좌우를 둘러보았다.

좁은 배 안.

두 사람에게 허용된 공간은 협소했다.

곽예걸은 양손을 펼친 후 검지부터 소지까지 하나씩 천천히 만 후 엄지를 덮어 주먹을 쥐었다.

마맹기는 검을 가슴 앞에 세우고 자세를 낮추었다.

상대의 기세가 심상치 않았기 때문이다.

곽예걸의 신형이 빠르게 전진하며 두 주먹이 연달아 위력적인 권풍을 쏟아 냈다. 마맹기는 검을 휘둘러 대항하다가 비로소 상대의 정체를 알아차렸다.

"이제야 네가 누구인지 알겠구나. 사제!"

곽예걸은 바로 불패권왕의 권법을 쓰고 있었던 것이다.

"사제라고? 더러운 입 닥쳐라!"

곽예걸의 주먹은 더욱 빠르고 강해졌다.

자기가 그토록 애타게 찾아 헤매던 사부를 강시로 만든 자가 바로 눈앞에 있었다.

"이, 이보게! 내 얘기를 좀 들어 보라고. 난 자네의 사형 아닌가. 뭔가 오해가 있다면 풀어야 하지 않겠나."

마맹기는 상대의 무공이 자신보다 뛰어남을 즉시 알아차렸다. 특히나 이렇게 좁고 뒤뚱거리는 배 안에서 싸우는 것은 자신에게 절대적으로 불리하다는 생각이 들었다.

그래서 말로 위기를 벗어나고자 했다.

그러나 곽예걸은 손을 멈추지 않았다.

상대가 사형이라는 사실이 오히려 그의 분노를 더욱 자극했다.

마침내 퍽! 소리와 함께 곽예걸의 일권이 허둥대던 마맹기의 어깨에 적중했다.

"크으윽……!"

마맹기는 어깨 탈구의 고통과 함께 뒤로 날아가 강물에 빠졌다.

그는 다치지 않은 한 팔을 허우적거리며 살려 달라고 외쳤지만 수로맹 수적들은 쉽게 건져 주지 않았다.

갈고리 달린 장대 서너 개가 내려와 그를 물속에 밀어 넣었다 꺼냈다를 반복하여 탈진하도록 만들었다.

그리고 마맹기가 축 늘어지자 그제야 건져 올려 밧줄로 꽁꽁 묶어 버렸다.

곽예걸은 배로 돌아와 진평에게 사례했다.

"고맙네. 원수를 갚도록 도와줘서."

"홍수 잡은 것을 축하드립니다."

"사부님의 제사에 자네도 참여하겠나?"

"물론입니다."

그날 저녁.

수로맹의 기함에는 커다란 제단이 차려졌고 수로맹주 곽예걸의 사부인 불패권왕 조국명의 위패 앞에는 그의 제자였던 모산과 장문인 마맹기의 잘린 머리와 간이 놓였다.

제9장
하라 부르깃

　수로맹의 선단을 전송해 보낸 진평은 진감호의 무덤에
한 번 더 들러 작별 인사를 한 후 관군 진영으로 돌아갔
다.

　영양후 진무가 그를 반가이 맞고 그동안 있었던 일에
대해 물었다.

　"진감호는 죽었고, 섭종유는 중상을 입은 채 도망쳤습
니다."

　"그거 정말 대단한 전공이군요! 진감호의 시신은 어디
있습니까?"

　반란의 수괴 중 한 명이었으니 그의 목을 잘라 효수해
야 하는 것이다.

진평은 고개를 가로저었다.

"강물에 빠져서 시체를 찾지 못했습니다."

시신이나마 온전하게 지켜 주는 것이 그가 사촌 형에게 해 줄 수 있는 마지막 예우였다.

영양후는 몹시 아쉬워하며 물었다.

"그의 병력은 어찌 되었습니까?"

"지금 작은 무리로 나뉘어 도처에 숨어 있습니다."

"허어! 그렇다면 걱정이군요."

"그들은 무시하셔도 됩니다."

"어째서 그렇습니까?"

"그들은 명분이나 의지가 있어서 뭉친 게 아니라 진감호의 돈에 고용되었을 뿐입니다. 세 불리하고 자금 지원이 끊기면 뿔뿔이 흩어질 것이니 족히 걱정거리가 못 됩니다."

"그렇군요……."

영양후는 진평의 설명을 듣고 안심했다.

진감호의 세력은 그동안 대대적인 군사행동을 보인 적이 없었다. 이제 그 수괴가 죽었다면 진평의 말처럼 스스로 와해될 가능성이 큰 것이다.

진평이 물었다.

"등무칠은 어찌 되었습니까?"

"아직 찾지 못했습니다. 하지만 잔당을 토벌하는 중이니 오래지 않아 그 행적이 드러날 것입니다."

"그렇다면 그 일은 장군님께 맡기겠습니다."

영양후는 의아한 표정을 지었다.

"어사께서 마무리를 하셔야지요."

"아닙니다. 저는 소임을 다했습니다."

영양후는 이해할 수 없었다.

힘든 일은 자기가 다 해 놓고 공은 다른 사람에게 넘기겠다는 얘기로 들렸기 때문이다. 밥을 다 지어 놓고 이제 떠먹기만 하면 되는데, 그냥 나가는 거나 마찬가지였다.

장해와 유취, 정선도 진평을 만류했다.

그러나 진평의 뜻은 확고했다.

"황상께 표(表)를 올리고 중원으로 돌아가 오이라트의 동정을 살펴보고자 합니다. 그러니 이곳의 일은 여러분이 맡아 주십시오."

결국 영양후는 진평의 뜻을 꺾을 수 없었다.

"그렇다면 여기 있는 우리 몫까지 오이라트와 싸워 주십시오. 저희는 이곳에서 등무칠과 섭종유를 잡아 나라의 근심을 없애겠습니다."

"감사합니다."

진평은 토벌군의 수장으로서 공적부를 적었다.

그런데 어디에도 그의 이름은 없었다.

모두 유취, 정선, 장해, 그리고 영양후가 한 일로 기록했고, 일부 관군의 동선과 일치하지 않는 일들은 장계상이 주도하고 갑장들이 도운 것으로 적었다.

본혈방도인 설가영과 홍패는 물론 석위와 삼목객도 이름 남기기를 원치 않았다.

그렇게 공무를 마친 진평은 포구로 향했다.

그곳엔 수로맹의 선단이 있었다.

곽예걸이 오랫동안 비워 두었던 장강으로 돌아가면서 일부를 남겨 진평을 돕도록 한 것이다.

그들 덕분에 진평 일행과 석위의 표사들, 기린맹 식구 모두가 배를 타고 빠르게 북상할 수 있었다.

선단이 경항 대운하를 따라 올라가는 중에 소문을 들어보니 온갖 얘기들이 난무하고 있었다.

오이라트가 물러났다는 소문부터 북경성이 공격당하고 있다는 소문까지 온통 뒤섞여 떠돌았다.

그만큼 백성들의 마음이 불안하고 혼란스럽다는 뜻이었다. 누가 무슨 말을 하건 그럴 수도 있다고 믿는 것이다.

설가영이 걱정스러운 표정으로 진평에게 물었다.

"외숙부님이 괜찮으실까요?"

"걱정하지 마. 밀리지 않을 거라는 자신감이 없었다면 영양후의 병력을 빼내지는 않았을 테니까."

"그래도 너무 불안해요. 형님과 저라도 먼저 쾌속선을

타고 경사로 가면 안 될까요?"

진평은 고개를 가로저었다.

"아니. 우리는 북경으로 가지 않는다."

"그러면요?"

"소림사로 간다."

진평은 우겸이 오이라트의 공격을 얼마든지 막아낼 수 있을 거라고 보았다.

자신이 할 일은, 잘되고 있는 방어전에 가서 힘을 보태는 게 아니라 또 다른 변수를 만들어내는 거라고 생각했다.

소림사에 도착한 진평은 원각대사를 만났다.

진평으로부터 그동안 복건에서 있었던 일들을 들은 원각대사는 차탄을 금치 못했다.

"정말 대단한 일을 하셨습니다."

평소 자신을 드러내지 않는 진평의 화법을 고려해 보자면 얘기하지 않은 부분에도 간여한 바가 많을 것 같았다.

"모두 영양후가 주도하신 일입니다."

적당히 겸양의 말을 한 진평은 오이라트의 동정에 대해 물었다.

원각대사는 근심 어린 표정으로 대답했다.

"경사로 향하는 길들은 모두 막혔다고 봐도 좋을 것입

니다. 병부상서 우겸이 군권을 잡은 이후 모두 안심하는 분위기입니다."

진평은 천천히 고개를 끄덕였다.

원각대사의 말이 이어졌다.

"하지만 장성 근처의 백성들은 고생이 이만저만이 아닙니다. 에센이 경사로 가지 못하니까 대신 근처의 고을들을 약탈하기 때문입니다."

"피해 지역은 주로 어디입니까?"

"장성 이남으로 황하에 이르기까지 산서 땅 전체가 피해를 당하고 있습니다. 그나마 저들이 황하는 건너지 않는 게 다행이라고 할 수 있겠지요."

수군을 가지지 못한 몽골 기병의 한계였다.

진평이 잠시 생각한 후 말했다.

"저들을 그냥 놔둘 수는 없습니다."

"복안(腹案)이라도 있으십니까?"

진평은 복건에서 반란군의 배후를 쳐 군량고 불태운 일을 얘기했다.

원각대사는 탄성을 토했다.

"그렇게 당했다면 반란군이 혼이 빠졌겠군요."

"다행히 이곳에서도 같은 방법을 쓸 수 있을 것 같습니다. 배도 충분하고, 사람도 그때보다 많으니까요."

갑장들 모임보다 뇌전대 쪽의 전력이 훨씬 강하다고 할

수 있었다.

원각대사는 즉시 계획에 찬성했다.

"좋습니다! 뇌전대뿐만 아니라 이십팔수에서도 지원자를 뽑겠습니다."

진평의 계획대로 한다면 적어도 뱃길이 닿는 곳 주변은 몽골 기병들을 혼내 줄 수 있다고 생각한 것이다.

방장실을 나온 진평은 구재원과 조병건, 개방의 곽완 등을 불러 뇌전대의 현재 상황을 보고받고 인원을 충원하도록 지시했다.

그리고 계획에 대해 얘기해 주자 곽완이 팔을 걷어붙이며 좋아했다.

"안 그래도 강 건너에서 벌어지는 일을 보고만 있자니 몸이 근질거리던 참입니다. 잘됐습니다."

곽완뿐만 아니라 뇌전대의 피 끓는 청년고수들은 모두 오이라트와의 일전을 벼르고 있었다.

세 사람에게 뇌전대 편성을 맡긴 진평은 곤륜파 장문인 안덕생을 찾아갔다.

장계상과 기린맹이 이번에도 적진에 들어가 눈과 귀 역할을 해 주어야 하는데, 몽골의 관습에 대해 많이 알수록 안전해질 것이기에 가르침을 청하기 위함이었다.

안덕생은 기꺼이 몽골에 잘 아는 제자 대여섯 명을 뽑아 내주었다.

장계상과 기린맹 무사들은 그들로부터 인사말부터 간단한 회화까지 익혔고, 옷차림과 풍습, 예의 등도 배웠다.

장성 이북으로 넘어가는 게 아니라 점령지인 산서 땅에서 활동하겠지만, 고급 정보에 접근하려면 적으로 변장해야 할 경우도 생길 수 있기에 철저히 준비하는 것이다.

진평은 따로 홍패와 함께 이번에 함께 온 수로맹 채주들을 만났다.

그들은 진평의 계획에 곧바로 동조했다.

파양채의 등청, 가릉채의 양필 등 진평, 홍패와 친분이 두터운 채주들이 그들을 이끌고 있기도 했지만 기본적으로 그들 역시 몽골 기병의 중원 침공을 좋아하지 않았다.

무림맹과도 어울릴 수 없고, 관과도 양립할 수 없는 수적들이지만 그 마음만은 한결같았다.

또 한 가지 수로맹 입장에선 득 되는 일이 있었다.

마교를 도왔던 황하 수로맹을 밀어내고 장강 수로맹의 영향력을 황하까지 확장할 수 있는 좋은 기회이기도 했던 것이다.

닷새가 지난 뒤 장계상과 기린맹이 먼저 강을 건넜다.

그리고 그로부터 닷새 뒤에 뇌전대의 첫 번째 출정이 이루어졌다.

배를 타고 강을 건너는 동안 설가영이 진평에게 말했다.

"형님, 긴장하신 것 같아요."

진평은 살짝 미소를 지어 보였다.

"몽골 기병은 반군과는 다르니까."

반란군은 기본적으로 농사꾼들이 창을 든 것이지만 몽골 기병들은 달랐다. 월등히 뛰어난 전투 능력을 지녔고, 곡식을 쌓아 두거나 하지도 않기 때문에 목표물이 한곳에 고정되어 있는 것도 아니었다.

가장 걱정스러운 점은 이전에 요아령 전투에서 경험했던 그들의 빠른 기동력이었다.

배에서 내린 진평은 출발 전에 뇌전대원을 모아 놓고 각별한 주의를 당부했다.

"오늘 전투의 목적은 한 명의 사상자도 없이 전원 무사히 귀환하는 것이다. 철수 명령이 내려지면 그 순간 모든 행동을 중지하고 즉시 퇴각해야 한다. 그것이 적에게 더 큰 피해를 입히는 것보다 중요하다. 알겠나?"

"예! 알겠습니다."

진평은 뇌전대를 둘로 나누어 자신과 구재원이 각각 지휘하기로 하고 석위와 복운표국 무사들을 구재원 편에 붙여 주었다.

장계상이 안내한 첫 번째 목표는 오이라트의 파오들이 모여 있는 군영이었다.

진평은 장계상이 파악한 몽골 정찰병의 순찰 범위까지

접근한 후 전열을 정비하고 일제 공격 명령을 내렸다.

"와아……!"

함성과 함께 수백 명의 무림인이 경공술을 시전하여 달려가는 모습은 실로 장관이었다.

경계하던 몽골 기병들이 본진에 소식을 알렸을 때는 이미 뇌전대 역시 그들 진영에 난입한 뒤였다.

싸움은 일방적으로 이루어졌다.

뇌전대원 개개인의 무공은 오이라트 병사들을 압도했다.

평원에서 기동력을 이용하여 진형을 풀었다 짜는 방식의 전투라면 모를까, 이런 기습 상황에선 몽골 기병들에 유리한 점이 없었다.

진평은 싸우는 중에도 몽골 전령들의 움직임을 파악했고, 그들이 끌고 올 원군의 도착 예상 시간을 계산했다.

때가 되었다고 판단한 그는 큰 소리로 외쳤다.

"퇴각하라!"

대장의 명령이 전해지자 뇌전대원들은 사전에 약속한 대로 즉각 경공을 시전하여 집결장소로 향했다.

이기는 싸움을 그만두기가 쉽지 않았지만 진평이 따로 당부까지 했던 일이라 모두 철수할 수 있었다.

기습 소식을 들은 몽골 기병들이 도착했을 때는 이미 뇌전대는 모두 빠져나간 다음이었다.

말을 채질하여 따라가 보았지만 강변에서 배가 떠나고
있었다.

몽골 기병들은 강가에 서서 활을 쏘았다.

그러나 수로맹의 응사에 피해만 입고 말았다.

한 쪽은 뱃전과 방패로 가려지고, 한쪽은 강변에 노출
되어 있기 때문이었다.

결국 몽골 기병들은 멀찍이 강변으로 따라오다가 결국
퇴각하고 말았다.

진평은 몹시 기뻤다.

뇌전대원 중 단 한 명도 죽지 않았고, 부상자의 경우도
상처가 깊지 않았기 때문이다.

구재원이 다가와 승리로 고조된 감정을 억누르며 물었
다.

"숙부님, 대성공입니다! 그런데 조금 더 싸웠어도 되는데
너무 일찍 퇴각한 건 아닐까요?"

진평은 고개를 가로저었다.

"우리 기습의 목적은 적에게 심리적 불안감을 고조시키
는 것이다."

오이라트는 장성을 넘어 남의 땅에 깊이 들어와 있기 때
문에 기본적으로 불안감을 가질 수밖에 없었다.

구재원과 함께 온 조병건이 물었다.

"적에게 더 큰 피해를 입히면 그만큼 불안감도 더 크게

느끼지 않겠습니까?"

진평은 그에게 설명해 주었다.

"심리전에서는 한 번에 천 명을 죽이는 것보다 백 명씩 열 번 죽이는 쪽이 효과가 더 크다. 그리고 오늘처럼 불의에 치고 신속하게 빠지면 우리 쪽 피해는 거의 없게 되지."

"아! 그렇군요."

구재원과 조병건은 비로소 이 기습 작전의 목적을 명확하게 알게 되었다.

*　　　　*　　　　*

진평과 석위, 뇌전대에 무림맹에서 가려 뽑은 고수들까지 참여하면서 기습 작전의 전력은 더욱 상승되었다.

진평은 거의 이틀에 한 번꼴로 작전을 펼쳤다.

그때마다 동서로 수백 리씩 떨어진 장소를 목표로 잡았는데, 그것은 수로맹의 배가 있기에 가능한 일이었다.

이동하는 동안 배 안에서 충분한 휴식을 취할 수 있기 때문에 뇌전대원들은 그 먼 거리를 번갈아 오가도 별로 피곤해하지 않았다.

당하는 오이라트 입장에선 악몽의 연속이었다.

적의 출현 예상 지역을 종잡을 수조차 없기 때문에 방어 병력을 배치하는 것도 불가능했다.

결국 모든 부대에 경계 강화령이 내려지면서 오이라트의 약탈 행위는 급격히 줄어들게 되었다.

경계가 강화되어 모든 부대 단위마다 기병들이 불침번을 서게 되자 뇌전대에도 공격을 돕는 요인이 하나 추가되었다.

바로 삼목객의 환술이었다.

뇌전대의 야습 직전에 하늘을 가득 메우며 날아드는 독수리 떼를 보고 오이라트 기병들은 혼비백산하기 일쑤였다.

초원의 독수리는 몽골인들이 겨울철에 길들여서 사냥을 하곤 하는데, 중원의 매사냥과는 온갖 들짐승에 심지어는 늑대까지도 사냥하는 무서운 새였다.

독수리 떼에 겁먹고 허둥대다 보면 어느새 뇌전대가 쳐들어와 한바탕 살육전을 벌였고, 원군을 불러 대항하려고 하면 경공술로 빠져나가 버리는 식의 상황이 반복되었다.

오이라트 병사들이 아무리 기마술에 능통해도 강변까지 가서는 막혀 버리니 아무 소용이 없었다.

에센은 자신을 지키는 새외무림인들을 통해 그 습격의 배후에 무림맹과 소림사가 있다는 사실을 알게 되었다.

그리하여 대군을 동원하여 강을 건널 계획까지 세웠지만 황하 이북의 강변에서 어디에서도 배를 구하기가 쉽지 않았다. 수로맹 식구들이 모두 쓸어가 버린 것이다.

오이라트 주둔군의 불안은 점점 더 커져 갔다.

그들은 특히 독수리 떼의 출몰에 겁을 먹고 그런 일이 벌어지는 이유에 대해 알고 싶어 했다.

그러나 각 부족의 무당들마다 하는 얘기가 서로 달라서 혼란만 가중될 뿐이었다.

결국 에센이 내린 대책은 부대의 주둔지를 강과 호수로부터 멀리하라는 것이었다.

그 덕분에 산서의 수많은 마을이 몽골의 침탈로부터 자유롭게 되었다.

진평은 적이 멀어졌다고 해서 작전을 중단하지 않았다.

다만, 경공술로 이동해야 하는 거리가 늘어난 만큼 이전보다 횟수는 줄였다.

스무 번째 출정에서 홍패가 화려한 옷차림의 몽골 지휘관 한 명을 잡아 왔다.

진평은 그를 직접 심문했다.

"네 이름이 무엇이냐?"

"저는 도르지라고 합니다."

의외로 유창한 한어가 튀어나왔다.

"한어를 익혔군."

"제 어머니가 섬서성 유림현 출신입니다."

"그렇다면 반은 한인이군."

"어려서부터 어머니에게 경전과 금기서화를 배웠습니다."

진평은 도르지가 중원의 문화를 동경하며 자라온 사람
이라는 생각이 들어서 확인해 보았다.

　"혹시 대명의 신하가 될 생각이 있느냐?"

　도르지는 망설임 없이 대답했다.

　"그럴 기회가 주어진다면 제겐 더할 나위 없는 영광이
될 것입니다."

　옆에서 홍패가 말했다.

　"그게 맨입에 되겠어? 히히! 네가 아는 군사기밀을 전부
다 털어놔 봐."

　그러자 도르지가 난감한 표정을 지었다.

　"오늘까지 고락을 함께해 온 초원의 형제들을 배신할
수는 없습니다."

　홍패는 냉소를 지었다.

　"그러면서 언감생심 관직을 바랄 수 있나?"

　진평은 손을 내저어 홍패를 제지하고 도르지에게 말했
다.

　"군사에 대한 얘기는 접어 두도록 하지. 그보다는 에센
에 대해 아는 대로 얘기해 보라."

　도르지는 에센에 대해 자기가 아는 모든 것들을 얘기했
다.

　진평은 처음부터 끝까지 경청했다.

　그리고 자기가 궁금하게 여기던 것을 물었다.

"그는 왜 칸이 되지 못하는 거지?"

"칭기즈 칸의 혈족이 아니기 때문입니다."

"그렇다고 해도 지금은 몽골 최고의 실력자 아닌가. 그가 칸의 호칭을 쓴다고 해서 불만을 얘기할 사람은 없을 것 같은데."

"물론입니다. 실제로 에센을 에센 칸이라고 부르는 부족장들도 있습니다. 하지만 칸의 혈족이 아니면 칸이 될 수 없다는 율법은 아이들까지 다 알고 있기 때문에 억지로 부르는 호칭은 의미가 없습니다. 에센 칸이라고 부르는 건 아첨하는 무리뿐입니다."

진평이 천천히 고개를 끄덕인 후 다시 물었다.

"칸이 되지 않아도 부족들을 통솔하는 데 문제가 없나?"

도르지가 대답했다.

"여러 부족을 이끌려면 칸의 권위는 반드시 필요합니다. 그래서 에센의 아버지인 토곤은 칸의 혈족인 토크토부카를 사위로 맞아들여 그를 칸으로 모셨습니다."

"명목상의 칸으로 앉혀 놓았다는 건가?"

"그렇습니다."

"그럼 에센은 어떻게 하고 있지?"

"여전히 아버지가 끌어들인 토크토부카를 칸으로 모시고 있습니다. 그에겐 매형이 되는 셈이지요."

진평이 잠시 생각에 잠겼다가 물었다.

"토크토부카의 실권은 어느 정도나 되나?"

"무슨 말씀이신지……."

"에센의 꼭두각시에 불과한 것인지, 아니면 독자적인 행동도 가능한지 묻는 것이다."

"아무리 명목뿐인 칸이라고 해도 칭기즈 칸의 후손입니다. 그를 따르는 부족도 많이 있으니 허수아비는 아닙니다."

"에센과 토크토부카의 사이는 어떻지?"

"토크토부카가 예전에 토곤이 살아 있을 때와는 달리 고분고분하지는 않다고 들었습니다."

장인과 처남을 대하는 태도가 다른 것은 인지상정이라고 할 수 있었다.

진평은 흡족한 표정으로 고개를 끄덕였다.

옆에서 설가영이 살짝 미소를 지었다.

진평이 그런 표정을 지을 때는 뭔가 좋은 생각이 떠오른 것이기 때문이었다.

진평이 이번엔 다른 질문을 했다.

"우리의 공격에 대해 오이라트의 귀족들은 어떻게 생각하고 있나?"

도르지는 대비책이나 병력 배치 계획 등에 대해 물었다면 대답하지 않을 생각이었다.

그러나 귀족들의 반응에 대해서는 얘기해도 무방하다고
판단을 내렸다.

"당신들을 하라 부르깃이라고 부르면서 몹시 두려워하
고 있습니다."

"그게 무슨 의미지?"

"하라는 검은색을 뜻하는 말로 불길하고 좋지 않은 의
미를 담고 있습니다. 부르깃은 독수리라는 뜻입니다."

밤에 나타나는 불길한 독수리 정도로 해석할 수 있었
다.

진평은 그 정도면 되었다는 생각을 했다.

이제까지 해 왔듯이 계속 적의 배후를 습격하다 보면 적
의 행동반경은 점점 줄어들 거라는 자신이 생겼다.

진평은 우겸에게 편지를 썼다.

그리고 설가영에게 그것을 전하도록 쾌속선을 내주었
다.

거기엔 도르지도 동행하도록 했다.

*   *   *

우겸은 조카를 반가이 맞았다.

그리고 진평이 보낸 편지들을 펼쳐 보았다.

먼저 읽은 짧은 편지는 도르지에 대한 것이었다.

오이라트의 사정에 밝으니 적당한 관직을 주고 병부에서 일하도록 하면 두고두고 쓸모가 있을 거라는 내용이었다.

우겸은 그리하기로 하고 도르지를 집법관에게 보냈다.

그리고 이어서 두 번째 편지를 읽은 후 우겸은 손바닥으로 무릎을 쳤다.

그는 즉시 의관을 갖추고 입궐하여 황제를 알현했다.

"폐하, 어사 진평이 오이라트를 물러가게 할 계책을 보내왔사옵니다."

우겸이 올린 편지를 읽은 황제의 표정이 밝아졌다.

"토크토부카 칸에게 예물을 전한다! 이거야말로 묘책이로군요."

"그렇습니다, 폐하."

진평의 제안은 명나라 황실이 침략해 온 에센이 아닌 토크토부카 칸과 손을 잡고 그들에게 조공을 허락하는 척하자는 것이었다.

조공의 형태를 띤 말 무역은 매년 엄청난 이익을 가져다주는 오이라트의 주요 수입원이었다.

지금의 전쟁도 애당초 왕진이 욕심내어 말 값을 깎았기 때문에 벌어진 것이었다.

그런 막대한 이득이라면 누구라도 욕심낼 만했다.

에센과 그다지 사이가 좋은 편이 아닌 토크토부카라면

옳다구나 하고 달려들 게 분명했다.

황제는 즉시 사절단을 구성하도록 하고, 그들의 목적지에 대해 출발 전에 소문부터 냈다.

오이라트의 밀정들은 그 소식을 즉시 에센에게 알렸다.

보고를 들은 에센은 크게 당황했다.

조공 무역의 권한이 토크토부카에게로 넘어가는 것은 절대로 있을 수 없는 일이었다.

그 막대한 이권을 남에게 줄 수는 없었다.

문제는 토크토부카가 칸이기 때문에 그를 함부로 칠 수도 없다는 사실이었다.

에센은 내친김에 북경성을 함락하고 명나라를 집어삼키는 일에 대해 생각해 보았다.

그렇게만 할 수 있다면 만사가 다 해결되는 것이다.

그러나 그것은 쉽지 않은 일이었다.

우겸이 워낙 단단하게 방어하는 데다가, 등 뒤에선 하라부르깃의 야습이 끊이지 않고 있었다.

에센의 고민은 나날이 깊어졌다.

조공의 주체가 매형에게 넘어가 버리기라도 한다면 자신은 아무것도 얻은 것 없이 헛수고만 한 셈이 되는 것이기 때문에 자리에 누워도 잠을 이룰 수 없었다.

바로 그즈음.

오이라트 진영에 우겸의 사자가 찾아왔다.

에셴은 사자를 맞아들였다.

사자는 정중히 몽골식 절부터 했다.

"칸을 뵙습니다."

칸이란 말에 오이라트의 입술 끝이 살짝 올라갔다.

"용건이 무엇인가?"

"병부상서께서 화친을 원하십니다."

"화친이라고?"

"그렇습니다."

에셴은 못마땅한 표정을 지었다.

"듣자 하니 그대들의 황제가 다른 계획을 세우고 있는 것 같던데."

"그것은 소문에 지나지 않습니다."

영리한 에셴은 명 황실이 매형과 자기 사이를 오가며 심리적 양동작전을 쓴다는 사실을 알아차렸다.

기분이 좋을 리 없었다.

그러나 이득도 없는 전쟁을 계속하는 것 역시 기분이 나쁘기는 마찬가지였다.

"화친의 조건은?"

"전쟁 이전과 같습니다."

에셴은 냉소를 지었다.

"그때의 두 배 규모로 교역량을 늘릴 것을 요구한다."

사자는 완강한 어조로 대답했다.

"그건 안 됩니다."

에센은 버럭 소리를 질렀다.

"우리는 너희 황제를 잡고 있다!"

"저희에겐 새로운 황상이 계십니다."

그것은 예상치 못한 대답이었다.

에센은 발을 굴렀다.

"에잉! 물러가서 기다려라!"

사신을 내보낸 에센은 부족장들을 모두 불러 회의를 했다.

끝까지 싸우자는 의견보다는 화친을 맺고 돌아가자는 의견이 훨씬 더 많았다.

마음껏 약탈을 자행할 때는 좋았지만, 지금은 하라 부르깃에 시달리느라 모두들 지쳤던 것이다.

에센은 고민에 빠졌다.

장성을 넘어왔는데 그냥 돌아가기는 싫었다.

그러나 토크토부카에게 조공무역을 빼앗길 수는 없었다.

그가 망설이며 하루 이틀 시간을 보낼 때, 밀정으로부터 소식이 들어왔다.

토크토부카에게 가는 사절단이 북경성을 출발했다는 내용이었다.

에센은 더 이상 버틸 수 없었다.

그는 즉시 사자를 불러 예전과 동일한 조건으로 조공 무역을 계속하는 조건으로 화친을 맺었다.

장성을 넘어와 황제를 사로잡고, 대군을 무찌른 후 산서와 하북 일대를 주름잡던 몽골 기병들이 마침내 자신들의 땅으로 돌아가게 된 것이다.

제10장
되찾은 평화

소림사.

마침내 찾아온 평화는 무림맹 사람들의 얼굴에 미소를 되돌려 주었다.

마교의 준동, 복건의 민란, 오이라트의 침공.

중원 땅을 가득 덮었던 흙먼지들이 모두 가라앉고 푸른 하늘과 밝은 해가 비로소 제 모습을 드러낸 느낌이었다.

설가영이 진평의 팔짱을 끼며 물었다.

"이젠 어쩔 생각이세요?"

"글쎄……."

그녀가 기대감 가득한 표정으로 말했다.

"황상께서 어마어마한 상과 관직을 내리실 거예요."

그러나 진평은 고개를 가로저었다.

"난 본혈방 방주야."

이제까지 한 일들이 누구에게 상을 받기 위해서가 아니라 자신의 본분이기 때문에 했다는 뜻이었다.

설가영이 미련을 버리지 못하고 말했다.

"그래도 높은 관직에 오르면 더 많은 일들을 더 효과적으로 할 수도 있잖아요."

진평은 미소 지었다.

"임금은 임금답고, 신하는 신하답고, 아비는 아비답고, 자식은 자식다운 세상이라면 관리가 그런 일을 할 수도 있겠지. 하지만 현실에선 상인으로서 그 일을 하는 게 더 나아."

그 말엔 설가영도 동의했다.

자신이 직접 경험한 난민촌의 경우만 해도, 만약 관리들이 그걸 운영했다면 여러 가지 문제가 생겼을 것 같았다.

"하지만, 형님. 이제 강호에 나가면 형님 얼굴을 모르는 사람이 없을 텐데 어떻게 우리 방의 비밀을 유지할 수 있겠어요?"

"네게 변장술을 배우면 되지."

"호호! 재미있겠네요."

그것만큼은 설가영의 재주가 으뜸이었다.

진평의 말이 이어졌다.

"사람들이 우리를 잊어버릴 때까지 먼 여행을 할 수도 있을 거고."

설가영이 눈을 반짝이며 물었다.

"멀리라면 어디요?"

"천산에 한 번쯤 가 보고 싶어. 항주에서 배를 타고 아프리카(阿弗利加)까지 다녀올 수도 있고."

"저도 데려가 주실 거죠?"

"그야 물론이지."

그때 멀찍이서 남자 목소리가 연이어 들려왔다.

"나도 간다."

삼목객이었다.

"형님, 저도요."

홍패도 빠지지 않았다.

진평과 설강영은 마주 보고 웃었다.

설가영이 말했다.

"떠나기 전에 외가에 들러야 해요."

"그야 물론이지. 우리 혼례 때 장군님은 꼭 초청하기로 약속했거든."

혼례라는 말이 나오자 설가영의 볼이 발갛게 물들었다.

진평은 사랑스러운 그녀의 뺨에 입을 맞춰 주었다.

진평이 소림사를 떠나기로 마음먹은 날.

손님 한 명이 그를 찾아왔다.

진평은 반가운 얼굴로 그를 맞았다.

"관복이 잘 어울리는군."

그는 바로 양우건이었다.

황제의 심부름으로 진평을 만나러 온 것이었다.

"황상께서 속히 입궁하라 명하셨네."

진평은 그를 안으로 맞아들여 탁자 위에 놓인 물건들을 보여 주었다.

어사인과 어사검, 그리고 관복과 편지 등이 가지런히 놓여 있었다.

편지에는 장계상을 비롯하여 이제까지 자기를 도와준 사람들의 공적을 적고 관직을 추천하는 내용이 담겨 있었다.

양우건은 진평의 마음이 이미 정해졌음을 알고 한숨을 내쉬었다.

"뜻을 바꿀 생각은 없나?"

진평은 잠시 생각에 잠겼다.

황제는 보기 드문 현군이라고 할 수 있었다.

특히 자신에게 깊은 믿음을 준 바 있었다. 거기에 보답하려면 황명을 거역해서는 안 될 터였다.

그러나 관직은 자신의 길이 아니었다.

진평이 도리어 양우건에게 물었다.

"자네도 저기에 관복을 벗어 놓고 나와 함께 오호사해(五湖四海)를 주유하는 것은 어떤가?"

양우건의 눈빛이 흔들렸다.

그러나 그는 입맛을 한 번 다신 후 허리에 차고 있는 검을 손가락으로 툭 쳤다.

그것은 황제가 친왕이던 시절에 하사한 검이었다.

진평은 자유로울 수 있지만, 그 검을 받으며 목숨이 남아 있는 날까지 주기옥을 지키겠다고 맹세한 양우건은 떠날 수 없는 몸이었던 것이다.

양우건이 말했다.

"떠나기 전에 시간을 좀 내줄 수 있나?"

"물론이지."

양우건은 부하들에게 들려 온 나무 상자를 열었다.

그 안에는 자신이 아끼는 칠현금이 들어 있었다.

진평을 만나러 오는 길이기에 그동안 벼르고 벼르던 이중주를 위해 악기를 챙겨 온 것이다.

진평은 미소 지으며 철적을 꺼냈다.

잠시 후.

두 사람의 악기는 장중한 음률을 연주하기 시작했다.

사람들은 걸음을 멈추고 귀를 기울였고, 그 오묘한 소

리의 조화로움에 찬탄하지 않는 이가 없었다.

금과 적의 합주는 소림사 경내를 벗어나 숭산을 가득 채우며 오래도록 울려 퍼졌다.

〈終〉